WISHBOOKS GAME FANTASY STORY

판넬 플레이어 22

비츄 게임 판타지 장편소설

초판 1쇄 찍은 날 | 2020년 2월 21일
초판 1쇄 펴낸 날 | 2020년 2월 28일

지은이 | 비츄
펴낸이 | 예경원

기획 | 위시북스
편집책임 | 이은송
편집 | 위시북스

펴낸곳 | 예원북스
등록번호 | 제396-2012-000132호
등록일자 | 2012. 7. 25
KFN | 제1-509호

주소 | 경기도 고양시 일산동구 호수로 646-24 위너스21॥빌딩 206A호 (우)10401
전화 | 031-819-9431 팩스 | 031-817-9432
E-mail | yewonbooks@naver.com

ⓒ비츄, 2018

ISBN 979-11-365-1459-2 04810
      979-11-6098-880-2 (set)

22

WISHBOOKS GAME FANTASY STORY

비츄 게임 판타지 장편소설

마녁
플레이어

Wish Books

CONTENTS

1장
꼬롱새

"거기서 한 발자국이라도 움직였다가는…… 목이 잘릴 거야."

그 말에 한세아는 으흭! 하고 비명을 내뱉었다.

"모, 목이 잘려? 올림푸스에서 그게 돼?"

사실 아주 특수한 경우에만 그런 끔찍한 상황이 연출되고, 보통은 그냥 검은 잿더미가 된다.

"산 채로 목이 잘리는 그 끔찍한 기분을 느낄 수 있을 거야. 바로 안 죽거든."

"그럼?"

"한 1분 정도는 의식이 있어. 땅에 떨어진 내 얼굴이 무너진 내 몸을 쳐다보는 그 기분."

한주혁은 그때를 회상하며 몸을 부르르 떨었다.

그때와 지금의 한주혁은 많이 다르지만, 그래도 충격들은 아직도 고스란히 남아 있다.

"끔찍해. 무슨 이따위 필드가 다 있어?"

"내가 20년 동안 갇혀 있던 곳이 이래."

한주혁이 조심스레 발걸음을 옮겼다.

'여기서 왼쪽.'

왼쪽으로 세 걸음.

'아.'

걸음을 옮기다 보니 좀 알겠다.

'파천보법의 밑바탕이구나.'

이곳에 설치된 각종 트랩들은, 대충 보면 아무런 규칙도 없는 것처럼 보였지만 그렇지는 않았다.

'아는 만큼 보인다고.'

당시에는 잘 몰랐는데 이제는 좀 알겠다. 트랩의 배치, 몸을 움직이는 순서. 그 모든 것들이 파천보법의 묘리를 따르고 있다.

"일단 가만히 있어. 아예 움직이지 마. 그 정도는 가능하지?"

"물론입니다, 형님! 형님께서 죽으라면 죽고! 살라면 사는 루펜달입니다. 믿어만 주십시오!"

다들 고개를 끄덕였고, 한주혁 혼자서 걸음을 옮겼다.

'조심해야 해.'

언제 어디서 석화 마법이 날아들지 모른다.

석화 마법만 날아오면 다행이다. 맹독을 묻힌 화살이 하늘과 땅에서 동시에 떨어진다. 그것도 마법으로 워프하는 화살이. 가끔 운 나쁘면 그 화살이 폭발하기도 한다. 말하자면 화살 모양의 폭탄인 셈이다.

'감회가 새롭네.'

꼬로롱- 꼬로롱- 하고, 라이나에서만 들리는 특이한 산새 소리도 들려왔다.

'꼬롱새?'

바깥에서는 들어보지 못했다.

'꼬롱새가 울고 있다는 것은……'

만월이 다가왔다는 뜻이다.

한주혁은 오두막의 문을 조심스레 열었다. 문을 여는 속도도 조절해야 한다. 아무렇게나 열었다가는 검은 낫을 든 사신이 자신의 배를 노릴 테니까.

'여기에서 한 900번은 몸이 잘린 거 같다.'

20년간, 솔직히 900번도 넘은 거 같다. 어느 정도서부터는 일부러 숫자를 안 셌다. 너무 끔찍하니까.

'으.'

몸이 저절로 떨렸다. 머리로는 잊었는데 몸이 기억했다.

곧 찌그덕- 소리와 함께 나무로 된 문이 열렸다.

'가운데 모닥불을 피우는 공간이 있었는데.'

불은 꺼졌다. 인기척은 느껴지지 않았다. 이곳이 정말, 자신이 있던 그곳과 같다면 이곳에는 아무도 없는 게 맞다.

'그런데……'

문득, 한 가지 사실이 떠올랐다.

'불은 없어.'

별다른 인기척은 없다. 나무 집기들에도 먼지가 수북하게 쌓여 있다. 사람은 없다는 뜻이다.

꼬로롱- 꼬로롱-

산새 소리가 또 들려왔다.

"꼬롱새가…… 어떻게 살아 있지?"

돌이켜 보니 스승 놈의 일과 중 하나는 꼬롱새에게 모이를 주는 일이었다.

스승은 이렇게 말했었다. 꼬롱새는 스스로 먹이를 찾을 수 없는 아이들이라고. 그래서 인간이 먹을 것을 줘야만 살아갈 수 있다고. 그렇게 말하면서 꼬롱새의 울음소리가 들리는 날이면 꼭 모이를 챙겨줬었다.

"만월이 뜨는 날에만 모이를 먹는 놈."

딱 그날에만 먹이를 섭취하면 괜찮다고 했었다. 모든 것을 부려먹는 스승이, 이것 하나만큼은 스스로가 직접 했었다.

'만월이라.'

오두막 안을 살펴본 한주혁은 다시 밖으로 걸어 나왔다. 천세송을 비롯한 일행들은 여전히 제자리에 가만히 있는 상태.

머리카락이 가볍게 휘날리는 것을 본 한주혁이 작은 목소리로 말했다.

"남동풍이 분다."

바람의 방향. 세기에 따라서 이곳에 설치되어 있는 트랩들이 바뀌던 기억을 떠올렸다.

"루펜달. 그 자리에서 오른쪽으로 두 걸음. 앞으로 한 걸음 옮겨. 마리안은 그 자리에서 뒤로 30㎝ 정도 움직이고. 루나는 제자리에서 72번 점프해. 점프하고 제대로 착지해야 돼. 지금과 똑같은 자세로."

특수지역 라이나. 모든 행동 하나하나를 조심해야 한다. 법칙에서 조금이라도 벗어나는 행동을 하면 삽시간에 죽음을 맞이한다. 한주혁도 이곳에서 수만 번 이상 죽었다. 그것도 아주 괴롭게.

한세아가 거친 숨을 몰아쉬었다.

"헥헥. 오빠 나 진짜 72번이나 점프해?"

"어. 안 그러면 발가락이 전부 잘릴 거야. 새끼발가락 빼고."

"흐이익!"

"잘린 발가락에서 벌레들이 꾸물거리게 되는 더러운 기분. 느껴보고 싶지 않지? 다리가 엄청나게 많아."

한세아의 표정이 창백해지고, 이내 열심히 점프를 시작했다.

72번의 점프를 끝마친 한세아가 한참이나 숨을 가다듬은 뒤, 물었다.

"뭐 좀 알아낸 거야?"

"여기는 특수지역 라이나. 내가 수련했던 곳이야."

"응. 그것까지는 알아."

한세아는 추억 아닌 추억을 떠올렸다. 오빠 어디 가서 기죽지 말라고 지갑에 5만 원씩 넣어주던 그 시절. 10만 원까지는 못 넣어줘서 괜히 미안했던 그 시절. 오빠가 레벨 99라고 주장할 때, 말도 안 된다며 거짓말하지 말라고 타박하고, 가끔은 쓴소리도 하던 그 시절 말이다.

'그땐 꿈에서 좀 깨어나서 현실을 보라고 말했었는데.'

특수지역 라이나고 뭐고, 다 때려치우고 제발 현실 좀 보라고. 그렇게 말했었다. 지금도 안 늦었으니 차라리 캐릭 삭제하고 다시 키우라고. 오빠 나이가 몇 살인데 아직까지도 그러고 있냐고 소리치기도 했었다.

'그리고…… 괜히 미안해서 오빠한테 영화 보러 가자고 했다가 까였었지.'

어쨌든 그 시절이 떠올랐다. 오빠가 라이나에 갇혀 있던 그 시절이.

"인기척은 없어."

당연하다. 스승은 죽었으니까.

"그런데 저 소리 들려?"

꼬로롱- 꼬로롱-

또다시 산새 소리가 들려왔다.

"응. 못 들어본 울음소리인데."

"저건 인간이 먹이를 주지 않으면 죽는 새거든. 정확한 이름은 모르겠고 스승은 꼬롱새라고 불렀어."

"여기에 누군가 먹이를 줄 만한 사람이 있었다는 거야?"

"글쎄. 사람이라고 해야 할지……."

한주혁이 어깨를 으쓱했다.

"엔드라움의 묘지에서 특별한 걸 봤었지."

과거 세계 12대 초인 중 한 명이었던, 세인트 로드 엔드라움. 성전 발발 7일 전에 장례식을 치렀다던 그 전설적인 인물.

"엔드라움은 분명히 죽었는데……. 그 의지가 남아 있었거든."

그 정도 되는 인물은 의지를 남길 수 있는 것 같다.

"생전 엔드라움의 힘을 사용할 수는 없지만, 그래도 일부 의식을 남겨놓는 게 가능했어."

엔드라움이 가능했다. 그렇다면 스승 놈은?

"스승 놈도 충분히 가능하겠지."

모르긴 몰라도 스승이 엔드라움보다 약할 거라고는 생각하지 않는다. 엔드라움이 할 수 있다면 스승인 켈트도 할 수 있다. 적어도 한주혁은 그렇게 판단했다.

살아생전의 힘을 발휘할 수는 없지만, 스승의 의지가 일부 남아 꼬롱새에게 먹이를 줬다. 충분히 할 수 있는 가정이다.

'오늘은 만월.'

그렇다면 꼬롱새가 이 오두막 앞으로 날아올 거다. 모이를 먹기 위해서.

"어쩌면 시간이 좀 더 지나, 저녁이 되면 스승이 남긴 의지가 찾아올지도 몰라."

한주혁이 인상을 찡그렸다.

'안 만나고 싶은데.'

스승과의 기억은 끔찍하기만 했다.

그 기간이 있었기 때문에 지금의 절대악이 있었다? 그건 스승 쪽에 유리하기만 한 해석이다. 그 당시 스승은 한주혁을 위해서 투자한 것이 아니었다. 한주혁 본인의 의지 없이, 반강제적으로 사육당했을 뿐이다. 스승이 원해서 말이다.

'그걸 은혜라고 부를 수는 없지.'

결과적으로 한주혁 본인에게 유리하게 작용하기는 했으나, 그 본질 자체는 변하지 않는다. 스승은 자신의 목표를 이루기 위해 한주혁을 납치해서 키웠다.

한주혁에게 있어서 그건 은혜가 아니었다. 예전에 동생인 한세아는 이렇게 얘기하기도 했었다.

"아니. 생각해 보자. 어떤 애가 왕따를 당했어. 그래서 그 왕따가 너무 억울하고 힘들어서 열심히 운동했어. 그래가지고 세계적인 격투기 선수가 됐어. 그렇다고 왕따 가해자들이 은인이 되는 건 아니잖아? 왕따 가해자들이 괴롭힌 덕분에 왕따가 운동해서 성공한 건 아니니까. 비유가 적절할지는 모르겠지만 나는 그렇게 생각해. 그 스승 놈은 아주 나쁜 놈이야."

한세아는 그렇게 불만을 토로했었다.

루펜달이 그 낌새를 눈치챘다.

"형님께서는 스승을 그다지 좋아하지 않으시는 것 같습니다!"

"혐오하지."

안 좋아하는 수준이 아니라 혐오한다. 그때만 떠올리면 지금 당장에라도 죽여 버리고 싶을 정도다.

"그렇군요!"

별다른 설명은 필요 없었다. 그것만으로도 이미 '스승'은 루펜달에게 있어서 쓰레기였다. 논리적인 이유 같은 건 필요 없었다.

"아주 무자비한 쓰레기였을 것이 틀림없습니다."

"일단 저녁까지는 기다려 보는 게 좋겠어. 모두 내 말에 집중하면서 트랩에 당하지 않도록 조심해. 이곳의 시간은 빠르게 지나니까, 금방 해가 질 거야."

1시간 정도가 흘렀다. 한주혁의 말대로 벌써부터 숲은 어두워졌다. 나뭇잎 사이사이로 보이는 하늘은 주황빛에 가까웠다.

한주혁은 오두막 바로 앞에 서서 하늘을 올려다봤다.

'저 구멍으로 만월이 뜬다.'

이곳은 깊은 숲을 배경으로 한 필드다. 그래서 나뭇잎이 굉장히 울창하고 하늘 보기가 쉽지 않다. 하늘을 보려면 나무 위로 올라가야 한다. 그런데 이 오두막 근처는 뻥 뚫려 있다. 이 바깥으로는 하늘이 보인다.

꼬로롱- 꼬로롱-

산새 소리가 더더욱 크게 들리기 시작했다.

'저 구멍으로 꼬롱새가 날아들겠지.'

곧 그 시간이 다가온다.

'만월을 배경으로 항상 날아들었었는데.'

그때가 기억이 났다. 그렇다면 이제 스승이 남긴 의지가 모습을 드러낼 것인가.

'과연 어떨지.'

절대악 메인 시나리오를 진행하는 와중에 라이나로 오게 될 줄은 몰랐다. '켈트의 진정한 유산이 라이나로 이어진다는 사실도 처음 알았다. 한주혁도 조금 긴장했다.

'스승이 남긴 의지가 나타난다면……..'

나는 어떻게 대처해야 하지.

'모르겠군.'

마음 한편으로는 나타나지 않았으면 좋겠다는 생각도 들었다. 스승, 아니, 스승의 잔재와도 마주치지 않고 싶은 것이 그의 솔직한 마음이었으니까.

천세송이 무엇인가를 발견했다.

"오빠. 저기 커다란 새가 날아오고 있어."

오두막 위. 나뭇잎이 없는, 뻥 뚫린 공간. 그곳에 하나의 새가 모습을 드러냈다.

키엑?

꼬꼬가 일종의 경쟁심을 드러냈다.

키엑!

한주혁의 경고가 있어서 움직이지는 않았다. 제자리에서 날개를 활짝 폈다. 공작새가 자신의 위엄을 뽐내듯, 꼬꼬는 날개를 활짝 펴고서 '내가 너보다 세다!'를 열심히 주장했다. 그렇지만 꼬롱새는 꼬꼬의 도발에 전혀 대응하지 않았다.

천세송이 꼬롱새를 처음 본 소감은 간단했다.

"크다."

크기는 약 10미터 정도. 윤기가 반질반질 흐르는 검은색 깃털. 독수리와 비슷하게 생긴 날렵한 인상.

"되게 유려하게 생겼네."

몸체 자체가 굉장히 매끈했다. 새 중에서, 귀족이 있다면 저런 느낌이 아닐까 싶었다.

한주혁은 꼬롱새 자체에 집중하지는 않았다.

'과연······.'

저 꼬롱새가 어떻게 아직까지 살아 있을 수 있을까.

'스승의 의지가 남아 있는 건가.'

먹이를 주지 않으면 죽어버린다는 저 새가, 왜 하필이면 만월이 뜨는 밤 이곳으로 찾아왔을까. 먹이를 주는 이가 있기 때문인가.

그런데 그때. 생각지도 못했던 곳에서 귀에 익은 목소리가 들려왔다.

"오래도 걸렸구나, 이 허접한 놈아."

한주혁이 앞을 쳐다봤다.

'설마?'

그 설마가 맞는 것 같다.

"어딜 찾고 있는 거냐? 네 앞에 있지 않느냐? 예나 지금이나, 멍청하기는 매한가지로군."

그러고서는 꼬꼬를 한번 쳐다봤다.

키엑! 키엑! 거리면서 당장에라도 꼬롱새에게 달려들 것만 같던 기세를 내뿜던 꼬꼬가 날개를 접고, 뒷걸음질 쳤다. 제왕 카리아의 기가 완전히 죽었다.

'꼬롱새가 스승 놈?'

이걸 뭐라고 표현해야 할지 모르겠다.

'빙의?'

아니면 의지 전이?

'모르겠다.'

그런 건 중요하지 않았다. 중요한 건, 어쨌든 과거의 기억을 가지고 있는 하나의 의식이 꼬롱새에 들어 있다는 것.

"여기까지 왔다는 건, 어느 정도는 좀 구색은 갖췄다는 뜻이 겠지. 킬킬킬."

꼬롱새는 그 유려한 자태와는 전혀 어울리지 않는 웃음소리를 내고서는 날개로 부리를 가렸다. 마치 귀부인이 웃는 것처럼 말이다.

그 모습에서 공포를 느낀 꼬꼬는 또다시 뒷걸음질 쳤다. 한주혁 이외의 다른 누군가에게 기가 죽어본 적이 없는 꼬꼬다.

꼬꼬의 기죽은 모습은 상당히 이례적이었다.

3충성도 놀랐다.

'저 새가 도대체 뭐길래?'

스승 놈이라고 하는 걸 들은 것 같긴 한데. 설마 저 새가 스승일 리는 없고.

'이게 무슨 상황이지? 저 꼬꼬가 쫄았어?'

논리적으로는 이해하기 힘들었다. 그렇게 강해 보이지는 않는데. 그러고 보니 절대악도 극도로 조심스러워하고 있는 모습을 보이고 있다. 저 새. 뭔가 있다.

새가 또 말했다.

"겨우 초인의 영역에 발만 걸치고 있구나. 예전에 두 눈 뜨고 볼 수 없는 병신이었다면, 지금은 한 눈 정도는 겨우 뜰까 말까. 쯔쯔쯧. 누굴 닮아 저렇게 무능할꼬. 이렇게 늦어서야. 하마터면 내가 소멸할 뻔했지 않느냐?"

그때, 루펜달이 외쳤다.

"닥쳐라. 이 노망난 놈아! 무엄하다. 치매 망상증 같은 놈!"

3충성은 순간 할 말을 잃었다. 묻고 싶었다. 너 꼬꼬보다 세냐?

"……."

저 배짱은 도대체 어디서 나온단 말인가. 절대악마저도 조심스러워하는 것으로 보아 델리트될 가능성까지도 있는데. 게다가 치매 망상증은 또 뭐란 말인가.

3충성이 물었다.

"……죽었냐?"

검은 잿더미가 말했다. 그것도 아주 장렬하게.

"이 몸이 죽고 죽어 일백 번 고쳐 죽어, 잿더미가 진토가 되어 넋이라도 있고 없고! 형님을 향한 일편단심이야 가실 줄이 있으랴! 형렐루야! 형멘!"

"……."

한주혁도 아무 말도 못 했다. 그렇지만 루펜달 덕분에 한 가지 사실을 알아냈다.

'델리트를 안 시켰어?'

안 시켰다?

'아니. 못 시켰어.'

스승이 아니다. 스승이 남긴 의지에 불과하다. 델리트 권능을 사용하기에는, 그 힘이 많이 남아 있지 않은 듯했다.

'스승 놈의 성격상…… 저런 말을 했다면 무조건 델리트인데.'

한주혁이 씨익 웃었다. 여유가 좀 더 생겼다.

'좋네.'

루펜달의 희생 덕분에 한 가지 중요한 사실을 알 수 있었다. 훨씬 여유로워진 상태로 클리어에 임할 수 있게 됐다.

-고맙다. 루펜달.

-형렐루야! 형멘!

루펜달은 기쁜 마음을 가지고 로그아웃했다.

"시끄러운 벌레는 처리했…… 오오라?"

꼬롱새가 고개를 바짝 들었다. 그리고 천세송과 한세아를 발견했다.

"이 여아들은 네가 데려온 여아들이냐?"

"……."

한주혁은 순간 불길한 느낌을 받아야만 했다. 꼬롱새가 오른손, 아니, 오른쪽 날개를 까딱까딱 흔들었다. 순간, 무엇인가에 홀리기라도 한 듯 천세송과 한세아가 그쪽을 향해 한 걸음 움직였다.

"움직이지 마."

그 말에 둘이 정신을 퍼뜩 차렸다. 꼬롱새가 또다시 감탄했다.

"경국지색이로고. 내 평생 살면서 이렇게 예쁜 여아들을 본 적이 없다. 아름답다. 아름다워. 그것도 둘이나."

꼬롱새의 눈에 탐욕이 가득 찼다.

"내 10년만 젊었어도 사흘 밤낮을 함께 즐기며 깊은 밤을 보낼 텐데."

천세송과 한세아는 입을 다물었다. 굳이 말이 아니어도 느껴진다. 저 눈빛은 굉장히 끈적했다. 더러운 끈적함이 느껴졌다.

"잘했다. 네 평생에 잘한 걸 딱 하나 꼽으라면 저 여아들이구나. 자, 어서 내게 바쳐라. 내게 바치고 내 모든 것을 가져가려무나."

한주혁이 말했다.

"……안 닥치냐?"

스승은 전에 없이 인자했다.

"네가 어떻게 된 모양이구나. 괜찮다. 저토록 아름다운 여아들을 데려오기에 고생을 많이 한 모양이지. 저 여아들만 내게 넘기거라. 어차피 곧 사라질 몸. 질펀하게 즐기고 사라지겠으니. 낄낄낄!"

천세송은 화가 난다기보다는, 조금 황당했다.

'스승이라며?'

그것도 에르페스 메인 퀘스트와 굉장히 밀접한 관련이 있는.

'그런 NPC가 왜 저래?'

황당함을 담아 말했다.

"저는 오빠랑 결혼할 사이인데요."

"엥?"

오히려 꼬롱새가 황당하다는 듯 한주혁을 쳐다봤다. 그러고서는 고개를 절레절레 저었다.

"남자 보는 눈이 이렇게 없어서야. 이리 오너라. 내가 극락을 경험하게 해줄 테니."

"아니. 그니까 결혼할 사이라니까요?"

"제자는 나의 소유다. 그러니까 너도 내 소유다. 어서, 어서 내게 오거라! 나는 강제로 취하는 것에 취미 없다. 스스로 내게 오거라."

거기까지 들은 한주혁은 이성의 끈을 놓았다. 더 이상 들을 필요가 없을 것 같다.

  -스킬. 백참격을 사용합니다.

  한주혁이 사용할 수 있는 가장 빠른 공격. 아무런 준비 자
세도 없이 일격을 가할 수 있는 반달 모양의 '백참격'이 꼬롱새
를 향해 날아들었다.
  "가소롭구나."
  반달 모양의 백참격이 둘로 나뉘었다. 꼬롱새의 날개에 부딪
치자, 정확하게 반토막이 났다.
  '어차피 이걸로 제대로 적중할 거라고는 생각하지 않았어.'
  한주혁은 몸을 살짝 숙인 상태로 파천보법을 펼쳤다.

  -스킬. 파천보법을 사용합니다.

  천세송이나 한세아의 눈에는 제대로 잡히지도 않을 정도의
속도.
  아까 불덩이들을 따라가던 그때, 3층성은 느꼈었다. 그 속
도는 절대악이 전력을 다하지 않은 거라고. 이번에 확실히 알
겠다.
  '아까는 그저 숨쉬기 운동 수준이었구나.'
  그때도 최소 시속 200㎞가 넘었던 것 같은데.

'내 눈에는 거의 보이지도 않는다.'

잔상밖에 남지 않았다.

'너무 빨라.'

전투 광경을 보고 싶은데, 그 광경이 보이지 않았다.

'일단 녹화부터 해야겠어.'

어떻게든 녹화라도 하고 나면, 손석기를 통해서든 어떻게 해서든, 느리게 돌릴 수 있지 않겠는가.

한주혁의 숙인 몸 위로 꼬롱새의 날개가 스쳐 지나갔다. 백 참격을 반토막 낸 꼬롱새의 날개다. 한주혁의 머리카락을 타고 날개의 예리함이 적나라하게 느껴졌다.

'서늘한 냉기마저 느껴진다.'

한주혁은 그 상태 그대로, 마치 미꾸라지가 헤엄치듯 몸을 가볍게 움직였다.

꼬롱새의 뒤를 점하는 동시에 주먹을 뻗었다. 목표는 꼬롱새의 오른쪽 다리. 다리부터 못 쓰게 만들 생각이다.

'놈은 다리로 추진력을 얻어 날갯짓을 하는 스타일의 새.'

어느 다리가 됐든 한 다리만 못 쓰게 만들면 기동력에 있어서 훨씬 더 우위를 잡을 수 있다.

"낄낄낄! 그래 봤자 헛짓거리!"

꼬롱새가 오른 다리를 살짝 들었다. 말 그대로 주먹 하나가 지나갈 공간. 한주혁의 주먹이 그 공간을 통과했다.

'역시.'

이렇게 간단한 직진 공격은 먹히지 않는다. 이미 예상했다.
뻗어 나갔던 주먹이 그대로 땅을 짚었다.

-스킬. 백참격을 사용합니다.

백참격을 통해 꼬롱새의 날개 움직임을 묶었다. 말 그대로
견제용이다. 실제로 공격하기 위한 것이 아닌, 견제용 스킬. 한
주혁이 노리는 것은 스킬로 인한 한 방이 아니다.
땅을 짚은 팔에 힘을 줬다.
'놈의 복부를 노린다.'
앞구르기 하듯, 몸을 회전시켰다. 한주혁이 굉장히 빠르게
앞으로 굴러 들어갔다. 그러고는 그 상태 그대로, 앞으로 굴러
가는 반동을 이용하여 용수철 팅기듯 몸을 일으켰다.
3충성보다 경지가 훨씬 높은 한세아의 눈에는 잡혔다.
'도대체 언제……!'
꼬롱새의 밑으로 굴러 들어간 건지 모르겠다. 어쨌든 이 장
면은 잡혔다.
'오빠의 발이……!'
마치 땅에서 쏘아지는 화살처럼 꼬롱새를 향해 뻗어 나갔다.
픽!
소리와 함께 꼬롱새가 꼬로롱-! 하는 비명성을 토해냈다.
푸드덕!

날갯짓을 한 꼬롱새가 한주혁에게 얻어맞은 그 충격을 통해 하늘로 날아올랐다.

하늘로 날아오른 꼬롱새가 말했다.

"아주 죽으려고 발악을 하는구나."

어지간한 몬스터는 한주혁의 평타 한 방을 버티지 못한다. 그런데 꼬롱새는 아니었다. 별다른 충격은 없는 것 같았다.

한주혁은 거기에 그다지 놀라지 않았다.

'진짜 스승이 아니라고 해도. 스승의 의지가 담겨 있는 놈.'

결코, 어중이떠중이가 아니다. 발차기 한 번에 죽일 수 있을 거라고 생각하지는 않았다.

하늘에 뜬 상태로, 꼬롱새가 말을 이었다.

"내 비록 내 본신의 능력을 꺼내 쓸 수는 없지만 말이다. 이런 건 가능하지."

만월이 뜨기 전. 오두막 위로 보이는 둥그런 하늘. 그곳에 하얀색 날개를 가진 무엇인가가 날아들기 시작했다.

한주혁은 저것들이 무엇인지 알 수 있었다.

'저건……'

엔드라움의 무덤에서 봤었다.

'천사. 라리엘과 비슷한 형태.'

벌레들이 모여서 모양을 구성했던 천사. 라리엘과 닮아 있었다.

"내 살아생전 수집했던 놈들이다."

묘하게 겹치는 구석이 있었다. 엔드라움은 세인트 로드임과 동시에 수집가라고도 불렸다고 했다. 그런데 켈트도 그렇게 말했다.

"어디 한번 놀아 보거라. 그사이 나는 여아들과 행복한 시간을 보낼 테니."

한주혁은 광역 탐지를 통해 느낄 수 있었다.

'저게 다가 아니다.'

오두막 위. 뻥 뚫린 공간에 보이는 놈들이 전부가 아니다. 비록 울창한 나뭇잎들 때문에 보이지는 않지만.

'이 하늘을 전부 덮고 있어.'

그 숫자가 엄청나게 많았다.

그중 날개가 6장 달린 천사 형태의 몬스터(몬스터인지 아닌지 그 구별이 애매하지만)가 하얀색 삼지창을 들어 올렸다.

"악을 멸하리라."

하늘 전체에서 울렸다.

"악을. 멸하리라!"

그 소리가 마치 천둥이 치는 것만 같았다. 3층성은 그 소리에 놀라 엉덩방아를 찧었다.

'뭐, 뭔 놈의 목소리들이 이렇게 커?'

하늘 전체에서 울리고 있는 것 같다. 하늘을 저런 놈들이 가득 채우고 있단 말인가.

한주혁이 인상을 찡그렸다.

'성가시게 됐어.'

스승의 의지를 담고 있는 저 꼬롱새 하나만 컨트롤하기도 쉽지 않은데 이렇게 많은 수의 천사들이라니.

'저놈들은…… 자아가 없어.'

마치 Siri의 인형들 같았다. 느낌이 딱 그랬다. 영혼 없는 인형. 그렇다고 언데드는 아니었다.

'어떠한 커다란 명령 하나에 움직이고 있는 인형들.'

딱 그런 느낌이 들었다. 일반적인 NPC들처럼 자유로운 생각은 못 하는, 몇몇 명령어에 의해 행동하는 컴퓨터 같은 존재들.

"자. 너희들은 너희들끼리 놀아 보아라. 나는 이 여아들에게 은총을 내려줄 것이니."

꼬롱새가 킬킬킬! 웃으면서 천세송과 한세아를 향해 날았다. 순수 육체 능력만으로는, 천세송과 한세아는 꼬롱새에게 대적할 수 없다. 그렇지만 천세송과 한세아는 기세에 밀리지 않았다.

"이 미친놈이!"

한세아가 가벼운 블링크를 통해 거리를 벌리려 했다. 천세송 역시 벌레 군단을 소환해서 아주 약간의 틈을 만들어내고, 이후 쿠로스를 소환하려 했다. 사실 준비는 진작 마친 상태였다.

그런데 그럴 필요가 없었다. 천세송 앞에 누군가의 등이 보였다.

'오빠……?'

한주혁이 앞에 있었다.

예상치 못했던 상황이 펼쳐져 있었다. 한세아도, 넘어진 3층 성도, 뒷걸음질 쳤던 꼬꼬마저도 이 상황을 이해하기 힘들었다. 그건 천세송도 마찬가지였다.

'지금 이건…… 무슨 상황이야?'

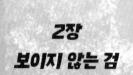

2장
보이지 않는 검

　성 속성 개체들은 악 속성 개체에 대해 상성 우위의 특성을 가진다. 다시 말해 성 속성은 악 속성에 유리하다.

　'그건 지금도 마찬가지.'

　그것도 최소 천 이상의 개체들이 모여 있다.

　'스승이 준비했다는 건 만만치 않다는 뜻이겠지.'

　그렇다는 말은 일반적인 방법으로는 클리어가 어렵다는 뜻이다. 그래서 그 자리에서 클래스를 변경했다. 한주혁은 절대악임과 동시에 적대악이다.

　그러고서 세인트 가드 호칭 효과를 활성화시켰다.

　-세인트 가드 호칭 효과를 활성화 상태로 전환합니다.

　-세인트 가드 호칭 효과의 유지 시간은 7분입니다.

-세인트 가드 호칭 효과로 인하여 세인트 필드가 펼쳐집니다.

그것은 곧, 자아를 잃었던 수많은 천사들의 자아를 일깨웠다.

"이곳은⋯⋯."

"여기는 어디⋯⋯?"

"뭐지⋯⋯?"

수많은 천사들이 세인트 가드가 펼친 세인트 필드. 고위 NPC들의 말을 빌리자면 성역이 선포되자 제정신을 차릴 수 있었다.

"세인트 가드가 저곳에 계시다."

"세인트 가드께서 우리와 함께하신다."

웅성거리는 소리가 들려왔다. 하늘 전체에서.

"어디?"

"어디에?"

"어디에 세인트 가드께서 계시지?"

한주혁은 그 상태 그대로 달려 한세아와 천세송 앞에 섰다. 그리고 꼬롱새의 날개를 오른팔로 막아 쳐냈다.

'빈틈.'

꼬롱새는 천세송과 한세아에게 정신이 팔렸던 상황. 천사들에게 한주혁을 맡겨놓고, 방심한 채 달려들었었다. 덕분에 한주혁이 꼬롱새의 날개를 쳐내자 빈틈이 보였다.

-스킬. 파이어 볼을 사용합니다.

누구나 사용할 수 있는 기본 마법. 그렇지만 한주혁은 이미 플레이어의 수준을 벗어난 지 한참 됐다.

-세인트 마나 컨트롤이 파이어 볼에 영향을 끼칩니다.

수동적으로 파이어 볼을 사용하지 않는다. 능동적으로, 파이어 볼의 모양과 형태를 조절할 수 있다. 심지어 파괴력까지도.
'응축.'
작게 응축된 파이어 볼이, 날개가 벌어진 틈을 타고 꼬롱새의 가슴을 향해 날아갔다.
'맞았다.'
쿠구궁!
폭발음이 터져나왔다.
타격이 있었는지, 꼬롱새는 하늘로 날아올랐다. 새답지 않게, 콜록! 콜록! 기침까지 하면서 말이다. 그리고 하늘에는 천사들이 포진하고 있는 상태.
"천사들은 들어라. 놈은 절대적인 악 속성을 지니고 있다."
하늘에는 천사들이 우글거리고 있는 상황. 천사들이 저마다 외쳐댔다.
"악을 처단하라!"

"필멸!"

천사들이 꼬롱새를 향해 날아들었다.

3충성은 이해할 수 없었다. 그래서 그나마 대답을 잘해줄 것 같은 천세송에게 물었다.

"이건 도대체 어떻게 된 일입니까……?"

"오빠가 세인트 가드니까요."

"이름만 들으면 성 속성 같은데요."

"맞아요."

더욱더 황당했다. 절대악과 세인트 가드. 이 얼마나 안 어울리는 조합이란 말인가.

'어떻게?'

논리로는 이해할 수 없었다. 절대악은 성 속성과 싸우는 게 맞다. 성좌들과도 오랜 기간 전쟁(사실 전쟁이라고 보기에는 이미 너무 기울었지만)까지 치르고 있다. 그런 절대악이 어떻게 세인트 가드의 호칭을 가지고 있단 말인가.

"적대악에게나 어울리는 호칭 아닙니까?"

'어라.'

3충성은 눈을 비볐다.

"엥?"

한주혁을 쳐다봤다. 더 정확히 말하자면 절대악 아서를 찾아봤다. 그런데 절대악 아서가 보이지 않았다. 저 모습은 분명.

"저, 적대악?"

적대악이었다. 천사들을 지휘하며 꼬룡새를 궁지로 몰아가고 있는 저 모습은 분명 매스컴에 잡혔던 적대악의 모습이었다.

"적대악?"

제대로 충격받았다.

"적대악이 왜 저기……?"

이해할 수 없지만 이해하기로 했다.

"절대악이 사라지고 적대악이 나타났어……?"

그 말은 곧.

"절대악이 곧 절대악?"

당황해서 말도 헛 나왔다.

"아니, 절대악이 곧 적대악?"

절대악과 적대악. 글자 하나 차이지만 그 글자 하나로 인하여 뜻이 완전히 달라진다. 적대악은 절대악을 상대하기 위하여, 제우스가 안배한 밸런스 유지용 클래스 아닌가. 절대악의 반대편에 서서, 그나마 절대악과 대적할 수 있다고 알려져 있는 클래스의 플레이어.

"이럴 수가……."

그런데 그 플레이어가 곧 절대악이란다.

'이건 밸런스 조절이 아니라…… 밸런스 붕괴잖아.'

세상 사람들은 이걸 모르고 있다. 절대악이 곧 적대악이라니. 이 세상 그 누구도 믿지 않을 거다.

"절대악과 적대악이 대면까지 했다고 했잖아요. 적대악이 특사로 파견되기도 하고······."

3충성은 깨달을 수 있었다.

'설마 제국마저도 몰라?'

그 대단하다는 제국도 아직 적대악과 절대악이 동일인이라는 사실을 모르고 있는 것 같다. 그만큼 절대악이 철두철미하게 속여왔다는 뜻이다.

'제국이 적대악을 키워주려고 한다던데······.'

그런 소문이 있다. 절대악을 잡기 위해, 그 대항마인 적대악을 키워준다고. 그런 얘기가 분명히 있었다. 그런데 그 적대악이 절대악이라니?

'미쳤군.'

3충성이 침을 꿀꺽 삼켰다. 믿기 힘들었지만 어쨌든 사실은 사실이었다.

'말도 안 되고 믿기 어려운 일들이 일어나는 게 한두 번이냐?'

가끔 절대악을 보고 있으면 몰래카메라를 찍는 것 같기도 하다. 말도 안 되는 일들을 연거푸 일으켜서, 옆 사람을 바보 만드는 그런 몰래카메라.

그때 하늘에서 꼬롱새가 말했다.

"귀찮구나."

강하게 날갯짓을 하기 시작했다.

"더러운 놈들."

그 날갯짓에 태풍이 몰아치기 시작했다. 숲속을 가득 채우고 있던 나뭇잎들이 이리저리 휘날렸다.

한주혁이 외쳤다.

"조심해. 저 나뭇잎들 하나하나가 무기니까."

흩날리는 나뭇잎들 자체가 무기였다.

"악을 멸하라! 크아악!"

"죽음을 두려워하지 말라! 큭!"

용맹하게 외치던 수많은 천사들이 그 나뭇잎에 의해 검은 잿더미로 변하기 시작했다.

'이 상태로는 애들이 위험해.'

다른 사람은 몰라도 천세송이 죽는 건 보고 싶지 않다. 델리트되지 않는다는 걸 확인했으니 마음이 조금 놓이기는 했지만.

'여기서 적대악을 유지하는 건 의미 없겠지.'

적대악으로서 취할 수 있는 이득은 다 취했다.

'스승의 의지. 힘을 많이 소진했을 거야.'

엔드라움의 의지도 마찬가지였다. 어떠한 일들을 행할 때마다 그 힘이 약화됐었다. 스승이 아무리 강력했었다 해도, 저건 그냥 스승이 남긴 의지일 뿐이다. 힘을 사용하면 사용할수록 점점 더 약해진다.

클래스를 다시 절대악으로 되돌렸다.

-스킬. 악신의 가호를 사용합니다.

파티원들에게 버프를 걸어주고 치명상이 될 수 있는 나뭇잎들은 백참격과 천참격 등을 사용해서 막아냈다.

-스킬. 아수라극천무를 사용합니다.

시야에 담기는 모든 곳을 공격 범위로 잡는, 한주혁의 궁극기 중 하나. '아수라극천무'가 이 필드를 집어삼키기 시작하며 흩날리는 나뭇잎과 보랏빛 폭풍이 부딪쳤다.

"쓰레기 같은 놈! 건방지구나!"

꼬롱새가 정확하게 7번 날갯짓을 했다. 꼬롱새의 발밑에 나뭇잎들이 모이는가 싶더니, 검은색 소용돌이가 생겨났다. 그 소용돌이 속에서 나뭇잎들은 갈가리 찢겨져 나갔다.

이윽고 검은색 소용돌이가 한주혁의 보랏빛 폭풍을 밀어내기 시작했다.

"크아아악!"

"큰일이다. 천계에 알려라! 인간계에 두 명의 악인이 탄생하였다!"

"크악!"

두 폭풍에 의해 천사들은 완전히 소멸되고, 검은색 잿더미들만 남았다. 그 와중에 3충성은 열심히 스킬을 사용해서 아이템들을 주웠다.

한세아도 성좌의 스킬을 사용했다.

-스킬. 홀리랜서를 사용합니다.

휜색의 거대한 창이 생겨났다. 그 거대한 창에는 검은색 와류가 흐르고 있었다. 잿빛 마도사 7번 성좌의 스킬. 단독 개체를 향해 커다란 파괴력과 관통력을 내는 홀리랜서가 모습을 드러냈다.

한세아는 크기 약 10미터에 달하는 거대한 창을, 꼬롱새를 향해 쏘아냈다.

"귀찮게들 하는구나!"

꼬롱새가 크게 외쳤다. 꼬롱새의 부리에서 원형의 충격파가 생겨났다.

원형의 충격파가 창을 집어삼켰다. 홀리랜서가 무언가에 뜯겨져 나가듯, 조금씩 얇아졌다. 결국 홀리랜서는 꼬롱새의 몸에 닿기 직전에 완전히 소멸됐다.

전투는 잠시 소강상태. 꼬롱새가 착지했다.

"네 이놈! 네놈에게 실망하지 않은 적이 없지만, 이번에는 정말로 실망했다."

순간, 알림이 들려왔다.

-전투가 중지됩니다.
-안전지대가 선포됩니다.

-공격할 수 없습니다.

한주혁은 직감했다.

'시나리오가 진행된다.'

던전이라면 던전이라 할 수 있는 이 특수지역 라이나의 주인은 다름 아닌 스승인 켈트. 그 켈트가 남긴 의지인 꼬롱새라 할 수 있다. 지금의 상황은 저 꼬롱새가 중요한 말을 시작했다고 볼 수 있는 상황이다.

"너 같은 놈을 내 제자라고 키웠다니. 내가 억울해서 눈을 제대로 감을 수가 없구나. 어디 그 빌어먹을 버러지 같은 힘을 키웠단 말이냐!"

켈트의 눈으로 본 '적대악으로서의 힘'은 버러지와도 같은 듯했다. 익히면 안 되는 금단의 힘.

"절대악이라는 이름이 아깝지도 않느냐! 내 이름에 그토록 먹칠하고도 무사하기를 바라느냐!"

한주혁이 피식 웃고는 대답했다.

"스카이데블의 부흥을 위해서. 절대악의 힘만으로는 부족했으니까."

메인 시나리오를 진행 중이다. 그렇다면 그에 맞는 답을 내놓는 것이 중요하다고 판단했다. 스승이 어떻게 반응할지는 모르겠지만, 일단 대외 명분은 충분했다.

"절대악의 힘만으로는, 에르페스와 대적할 수 없었으니까."

"헛소리하지 마라! 절대악의 능력으로도 에르페스를 능히 뒤집을 수 있다! 이 천한 놈아!"

"그럼 당신이 하지 왜?"

"……."

순간 꼬롱새가 말을 잇지 못했다. 그 틈을 놓치지 않고서 한주혁이 말을 이었다.

"켈트 당신에게는 스카이데블의 주민들을 먹여 살릴 힘이 없었으니까."

죽어버린 그 땅에, 생명의 힘을 불어넣을 수 있었던 사람은 한주혁이 유일했다. 스승도 그걸 알아보고 한주혁을 키운 거고.

"오히려 당신은 내게 감사하다고 절을 해야 하는 것 아닌가? 당신의 뜻을 받아들여, 스카이데블을 부흥시키고 있고. 실제로 에르페스와 대적할 준비를 하고 있는데."

"닥쳐라. 너를 키운 것은 나고. 네 힘은 내 덕분에 얻게 된 것이다. 어디서 버르장머리 없게 바락바락 대드는 것이냐! 여아를 내게 바치지도 않고."

꼬롱새가 마침 생각난 듯 말했다.

"저 여아들만 내게 바친다면 내 너의 모든 것을 용서해 주겠다."

"싫다면?"

"그렇다면 내 이름을 더럽힌 죄로. 그 빌어먹을 힘을 익힌 죄로. 이곳에서 나와 함께 죽을 것이다."

한주혁은 거기서 느낄 수 있었다.

'저놈. 진심이네.'

진심으로 자신을 죽일 수 있다고 생각하고 있는 것 같다. 의지를 남긴 것뿐인데. 그 의지에도 그 정도의 힘이 남아 있는 것 같다.

'천사들을 소멸시키고 하느라 힘을 많이 썼을 텐데.'

완전히 멀쩡한 상태였다면 더욱 힘들었을지도 모른다.

"무엇을 고민하느냐? 어차피 나는 오래 있지 못한다. 여아들과 며칠 밤만 질펀하게 놀고 나면 나는 사라질 것이다. 여아들을 취하고 싶다면 그때 취하도록 해라. 내가 먼저 여아들에게 극락을 보여줄 테니."

그때 알림이 들려왔다.

-안전지대가 해제됩니다.

꼬롱새가 말을 한 것은 이때를 노리기 위함이었던 것 같다.

이미 꼬롱새는 천세송과 한세아에게 더 이상 관심이 없었다. 오로지 그의 목표는 자신의 명예를 더럽히고, 더러운 힘을 익힌 놈을 사살하는 것뿐.

'나와 함께 스카이데블은 이 세상에서 지워지는 것이다……!'

추악한 이름을 남기고 부홍하느니. 그냥 사라지는 것이 낫다. 스승의 의지는 그렇게 판단했다. 그냥 여기서. 역사 속으로 사라지겠다고.

'너는 결코 막을 수 없을 것이다.'

막기는커녕 피할 수도 없을 것이다. 저놈은 반드시 여기서 죽는다. 자신의 이름을 더럽힌 대가로.

'이것이 너에게 알려주지 않은…….'

꼬롱새에게 마지막으로 담은 의지. 사용하는 날이 없기를 바랐던 능력. 제자에게도 아까워서 알려주지 않았던 비기.

'보이지 않는 검. 의지 속에 존재하는 검. 심검이다.'

그 어떤 형체도 없다. 마나의 흐름도 없다. 마음속으로 떠올린 검이 상대의 심장을 꿰뚫는다. 상대는 무조건 죽는다.

'잘 가라.'

더러운 제자 놈과 함께 사라지기로 했다.

"죽어라!"

한주혁은 위험함을 느꼈다. 무엇인가를 구체적으로 느낀 것은 아니었다.

'위험해.'

거기서 끝이었다. 무엇이. 어떻게. 왜. 위험한지는 알 수 없었다. 심안조차도 제대로 반응하지 못했다. 그냥 본능적으로 위험하다고 느꼈을 뿐.

그는 아무것도 모른 채. 본능적으로 몸을 옆으로 꺾었다.

"큭……!"

가슴 속에서 막대한 통증이 밀려들었다. 뭔지는 몰라도 피

한다고 피했는데 피하지 못한 것 같다.

꼬롱새가 오른쪽 날개로 부리를 가리고 웃었다.

"피할 수 있을 것 같으냐?"

원래의 심검이었다면 바로 즉사다. 그러나 지금은 켈트도 본신의 능력을 전부 끌어다 쓸 수 없는 상태.

"보이지 않는 검이 가장 무서운 법. 너는 천천히. 말려 죽일 것이다."

머릿속으로 보이지 않는 검이 한주혁의 심장을 관통하는 이미지를 떠올리자 한주혁이 비명을 내질렀다.

"크아아악!"

한세아가 옆에서 발을 동동 구르며 다시 한번 '홀리랜서'를 사용했다. 그러나 홀리랜서는 꼬롱새를 적중시키지 못하고 그냥 통과해 버렸다.

꼬롱새가 말했다.

"가소롭구나."

가장 무서운 검. 눈에 보이지 않는 검을 사용하고 있다. 실체가 없으나 실체가 존재하여 사람을 죽일 수 있는 검.

꼬롱새는 한주혁을 내려다보았다.

"잘 보거라. 네가 밟지 못한 경지이니."

홀리랜서도, 천세송의 벌레 군단도, 그 어떤 것도 꼬롱새를 공격할 수 없었다. 홀리랜서와 언데드들에게는 실체가 있지만 마치 실체가 없는 것처럼, 꼬롱새는 그것들을 전부 무위로 돌려 버렸다.

그러나 한주혁은 그 광경을 제대로 보지 못했다.

'크윽……!'

보기는 봤다. 만약 살아만 있다면, 그 모든 것을 머리가 알아서 기억할 거다. 그러나 지금은 여유가 없었다. 가슴 쪽의 통증이 너무나 심했다.

'미친……!'

올림푸스에서는 통증이 완화된다. 게임이니만큼, 적당한 통증만 느껴진다. 대부분의 경우는 말이다. 절대악이 이상하게 통증을 많이 느끼는 클래스일 뿐.

'제기랄……!'

H/P가 순식간에 떨어져 내리는 것이 보였다. 10퍼센트. 20퍼센트. 30퍼센트. 엄청나게 빠른 속도로 H/P가 줄어들었다.

'방법이…… 없나……!'

파천심공도 이 힘에 대항하지는 못했다.

'여기서 죽으면 켈트의 유산도 제대로 못 이어받을 것 같은데.'

다음 기회는 없을 것 같다.

'방법을…… 찾아야 해.'

고통스러운 가운데. 한주혁을 방법을 찾으려 애썼다.

그에게 여유가 없듯, 꼬롱새에게도 여유가 없는 건 확실했다. 만약 여유가 있었다면 꼬롱새에게 거슬리는 다른 인원들. 이를테면 앱솔루트 네크로맨서나 7번 성좌 같은 플레이어들을 진작 처리했을 것이다.

'H/P가 버티는 한도 내에서.'

그 시간은 길어봐야 20초 남짓일 것 같다. 아니, 어쩌면 10초 이내일 수도 있다. H/P가 줄어드는 속도가 점점 빨라졌으니까.

꼬롱새가 크게 웃었다.

"으하하하하하핫! 꼴좋구나! 더러운 배신자야!"

윤기가 흘러내렸던 깃털들이 하나둘씩 빠지기 시작했다. 유려했었던 꼬롱새의 몸이 조금씩 볼품없게 줄어들었다. 꼬롱새가 급속도로 늙어가는 것 같았다. 그렇지만 꼬롱새는 그것에 크게 개의치 않는 듯했다.

"어떠냐? 이 스승의 높은 경지를 느껴본 것이? 좌절한 것이냐?"

꼬롱새가 걸음을 옮겼다. 고통스러워하고 있는 한주혁의 등 위에 발을 올렸다. 꼬롱새도 힘이 없어 지그시 눌러 밟지는 못했지만, 어쨌든 밟기는 밟았다.

"네가 살아남을 수만 있다면 나의 진전을 이을 수 있겠지."

그러나 그럴 수 없을 것이다. H/P가 보였다. 이미 10퍼센트 이하로 떨어졌다. 제자 놈은 곧 죽을 것이다.

"오히려 나는 여유가 있구나."

심검을 사용하고, 놈과 함께 사라지려고 했는데 오히려 여유가 있었다. 이 정도 여유면 저 꼴 보기 싫은 플레이어들도 전부 죽일 수 있겠다. 운이 좋다면 한 명 정도는 델리트시킬 수도 있을 것 같다.

"내게 힘이 조금만 더 남아 있었다면…… 여아들 중 하나라도 취했을 것인데."

그것이 못내 아쉬웠다. 저토록 아름다운 여자가 무려 둘이나 있는데. 아무것도 못 하고, 즐기지 못한다니. 그것이 한으로 남았다.

한주혁은 고통 가운데에서도 계속해서 생각하려 애썼다. 심장이 찢겨 나가는 고통이 느껴졌지만 정신을 잃지 않았다.

'방법을…… 찾아야 해.'

H/P가 5퍼센트 이하로 떨어져 내렸다.

'데미안?'

소환해도 의미 없다는 것을 안다. 이미 '심검'이 발동됐다. 데미안이 나타나도 이것 자체를 없애지는 못한다. 데미안이 할 수 있는 것은, 어차피 사라질 켈트를 몇 초 더 빨리 없애는 것 정도.

천세송과 한세아가 동시에 외쳤다.

"오빠!"

그렇게 무겁지 않은 마음으로 이곳에 왔는데, 이런 일이 발생할 줄은 몰랐다. 절대악이 처음으로 죽게 생겼다. 말도 안 되지만, 그 일이 실제로 벌어졌다. 한세아가 입술을 깨물었다.

'이건 말도 안 돼!'

오빠가 죽는다니. 지금 느낌을 보아하니, 저 스승이란 놈이 마음먹고 델리트를 시키려고 드는 것 같다.

'젠장!'

할 수 있는 게 없었다. 스승도 아니고, 겨우 스승의 의지인데. 아무것도 할 수 있는 게 없어서 화가 났다.

"이 노망난 미친 할방구야!"

그때 만월이 떴다. 알림이 들려왔다.

-세인트 로드의 비즈가 달빛의 기운에 반응합니다.

의식을 거의 잃어가던 한주혁도 그 알림을 들을 수 있었다.

'세인트 로드의 비즈'는 부서졌다. 세인트 로드의 복구에는 '달빛의 기운'이 필요하다고 했었다.

-세인트 로드의 비즈가 달빛의 기운을 만나 소생합니다.
-세인트 로드의 비즈가 강력한 악의 기운에 저항합니다.
-리플렉션이 발동합니다.

리플렉션. H/P의 80퍼센트 이상을 한꺼번에 떨어뜨릴 수 있는 공격 혹은 악 속성 공격을 1회에 한해 데미지를 반사시키는 능력이다. 무려 두 배로.

크게 웃던 꼬롱새가 비명을 토해냈다.

"크아악!"

깃털이 다 빠지고 앙상한 몸통만 남은 꼬롱새는 중심을 잃고 쓰러졌다.

한주혁은 정신을 차릴 수 있었다.

'뭐야, 이건?'

리플렉션이 발동했다.

'파괴되었던 아이템이 복구됐어?'

하늘을 봤다.

'만월.'

꼬롱새. 그리고 만월이 뜨는 밤.

'아.'

아이템 복구에는 달빛의 기운이 필요하다고 했었다.

'이 아이템이 없으면…… 클리어할 수 없도록 설계된 히든 필드인가.'

애초에 이 '켈트의 진정한 유산'은 제우스가 절대악을 노리고 생성시킨 시나리오 필드다. 그건 확실했다. 블랙 스톤 1,000개를 절대악이 아닌 누가 감히 얻을 수 있단 말인가.

'그래서 보름달이 뜨는 밤. 꼬롱새가 있는 밤에.'

확실히 알겠다. 적대악과 절대악을 동시에 플레이하는 것이, 맞는 길이다. 적어도 절대악으로서의 길을 걷는 것에 있어서 말이다. 거의 클리어 불가능한 난이도의 던전인데, 세인트 로드의 비즈 덕분에 되살아났다.

-세인트 로드의 비즈가 강력한 악의 기운에 저항합니다.

-세인트 로드의 비즈가 완전히 파괴되었습니다.

리플렉션을 사용하여 꼬롱새에게 치명타를 입힌 세인트 로드의 비즈는 완전히 파괴되었다.

세인트 로드의 비즈만 파괴된 것이 아니었다.

-루덴의 천 갑옷이 파괴되었습니다.

한주혁은 거기서 또 깨달을 수 있었다.

'루덴의 천 갑옷이 없었으면 난 진작 죽었겠네.'

항상 입고 있어서 잠시 잊고 있었다. 만약 스승의 심검을 그냥 맨몸으로 맞았다면 이미 사망했을 거다. 만월이 뜨기도 전에.

"오빠. 괜찮아?"

천세송이 걱정스러운 얼굴로 한주혁을 쳐다봤다. 그녀의 눈에는 눈물이 가득했다.

"오빠가 그렇게 아파하는 거. 너무 싫어."

정말 싫었다. 대신 아파 주고 싶었다. 오빠의 입에서 비명이 새어 나오는 그 순간이, 그녀에게는 너무나 고통스러운 순간이었다.

"이제 정말 괜찮아? 안 아파요?"

"어. 이제 진짜 괜찮아."

한주혁은 H/P포션을 사용했다. 붉은빛이 번쩍 빛남과 동시에 H/P가 조금씩 회복되기 시작했다.

'H/P포션을 사용하게 될 줄이야.'

루덴의 천 갑옷이 파괴됐고 세인트 로드의 비즈까지 완전히 부서져 버렸다. 이제는 복구 자체가 불가능해졌다. 달빛의 기운으로도 복구가 불가능한 것 같다.

신급 아이템 두 개를 잃었는데, 그럼에도 불구하고 거의 죽을 뻔했다. 스승이 사용한 '심검'이라는 것이 얼마나 강력한 것인지 새삼스레 느꼈다.

'진짜 스승이 썼다면 즉사했겠군.'

한주혁은 천세송의 머리를 슥슥 문질렀다.

"진짜 괜찮아. 이제 하나도 안 아파. 아픈 건 오히려 저 새끼지."

그러고 보니 이상한 기술들을 썼던 것 같다. 홀리랜서도 그냥 흘려 버렸었다.

현재 꼬롱새는 괴로워하고 있는 상황. 그 상황에서 한주혁에게 알림이 이어졌다.

-파천심공이 외부의 자극을 기억합니다.
-파천심공과 강력한 상성을 이루는 외부의 자극입니다.
-심장에 심검의 자국이 새겨졌습니다.
-심검의 자국과 파천심공이 반응합니다.

한주혁은 아까 고통 가운데에 스승이 말했던 것을 떠올렸다.

"네가 살아남을 수만 있다면 나의 진전을 이을 수 있겠지."

스승 놈은 여유로운 태도로 그렇게 말했었다. 이게 중요했다. '살아남을 수만 있다면'.

'신급 아이템 두 개를 소모했지만 어쨌든 살았어.'

그리고 심검의 자국이 심장에 남았다. 그리고 그 자국이 파천심공과 반응했다.

-파천심공이 심장에 새겨진 흔적을 복구합니다.

파천심공이 마나를 일으켰다. 그것이 몸으로 느껴졌다. 한주혁의 몸에서 검은색 마나와 푸른색 마나가 함께 피어올랐다.

천세송도 그걸 봤다.

"오빠?"

한주혁의 몸에서 변화가 생겨났다. 검푸른 마나가 천천히 소용돌이치며 그의 발밑에서부터 피어올랐다.

한주혁은 죽어가는 꼬롱새에게 신경 쓰지 못했다. 지금의 변화에 집중했다.

-스킬. 심검을 익히기 시작합니다.

퍼센트 바가 따로 생긴 것은 아니지만 한주혁은 느낄 수 있었다.

'1퍼센트 정도.'

몇 초 뒤. 그것은 2퍼센트로 올랐다.

'점점 올라가고 있어?'

그렇다는 말은 시간이 좀 더 지나면 100퍼센트가 된다는 소리다.

'내가 심검을 익힌다고?'

여기 오기 전에는 '심검'이라는 것이 있는지도 몰랐다. 그런데 아무래도 심검을 익힐 수 있는 것 같다. 심검의 위력은 한주혁 본인이 직접 경험하지 않았던가.

'따지고 보면 저놈은 그냥 스승이 남긴 의지가 사용한 심검.'

진짜가 아니다.

'그러나 내가 사용하는 심검은…….'

파천심공과 함께 합을 이루어 사용되는 심검이다. 그 파괴력이 어떨 것인가.

'4퍼센트.'

한주혁이 비로소 씨익 웃었다.

'심검을 익혔다.'

아직 100퍼센트는 아니지만 심검을 익힐 수 있는 것 같다.

좋다. 아주 좋다.

'그렇다면 이게 켈트의 진정한 유산?'

이대로 클리어되는 것인가. 심검을 익히는 것으로, 그리고 저 작아지고 있는 꼬롱새가 완전히 죽는 것으로, '켈트의 진정한 유산'은 종료되는 것인가.

10미터에 달하던 꼬롱새의 크기는 이제 그 절반 가까이 줄어들었다.

"통탄스럽구나!"

꼬롱새의 눈에서 눈물이 뚝뚝 흘러내렸다. 그 눈물은 검붉은색이었다. 검붉은색 눈물이 꼬롱새의 얼굴을 타고, 턱을 타고 흘러내려 땅바닥에 닿았다.

치직-!

검붉은 눈물이 바닥과 만나 희뿌연 연기를 뿜어냈다.

꼬롱새는 리플렉션으로 큰 데미지를 입었음에도 불구하고 아직 완전히 사라지지 않았다.

"이대로 사라질 수는 없다."

생각보다는 여유가 있었다.

"나는 이만 가겠다. 지옥에서 기다리겠다."

꼬롱새의 크기가 3미터까지 줄어들었다. 이내 누군가 종이를 접듯, 꼬롱새의 몸이 마구 구겨졌다. 스승의 목소리가 줄어들었다.

"곧. 지옥에서 만나자."

그러고서 스승이 유언 아닌 유언을 남겼다.

"계약 하위주체여. 저들을 지옥으로 안내하라."

켈트의 진정한 유산은 아직 끝나지 않았다.

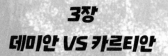

3장
데미안 VS 카르티안

"계약 하위주체여. 저들을 지옥으로 안내하라."

한주혁은 그 말을 들었을 때. 그 즉시 아이템 하나를 꺼내들었다. 그 아이템의 이름은 성검 세니아.

<성검 세니아>

세계 12대 초인 중 한 명이었던 세니아가 사용했던 명검. 달빛으로 연단한 명검으로 알려져 있다.

단순히 성검을 사용하기 위해서 꺼내 든 게 아니었다.

-아이템 세트를 확인합니다.

-세트 효과 사용이 가능합니다.

성검 세니아는 또 다른 세계 12대 초인의 아이템인 루폰테의 목걸이와 반응하여 세트 효과를 발생시킬 수 있다.

＜루폰테의 목걸이＞
　세계 12대 초인 중 한 명이었던 루폰테가 사용했던 목걸이. 달빛으로 연단한 목걸이로 알려져 있다.

세트 효과를 사용했다.

-세트 스킬. '달빛의 연인'을 사용합니다.

　전투 중일 때에 10분간 모든 전투를 중지시키고 안전지대를 활성화시키는, 신급 아이템 두 개가 모여 만들어내는 특수 효과. 적어도 10분간은 안전하다.
　꼬롱새는 미라처럼 말라비틀어져 갔다.
　"어디서 더러운 수만 배워왔구나. 추잡하고 더러운 느낌이다. 이런 구역질 나는 힘은 어디서 배워온 것이냐?"
　혀를 찼다.
　"그래 봤자 오래는 가지 못하겠구나."
　꼬롱새가 크하하! 웃었다.
　"마지막 계약을 이행하라. 저놈을 죽여다오. 다시는 이 땅에 발을 붙일 수 없도록."

그 말을 마지막으로 남긴 꼬롱새는 먼지가 되어 사라졌다. 그 먼지를 헤치고서 누군가 모습을 드러냈다.

"흠."

귀찮다는 듯 새끼손가락으로 귀를 팠다.

"성가신 능력을 가지고 있구나. 후딱 처리하고 돌아가려고 했더니만."

한주혁이 목소리가 들려온 곳을 쳐다봤다.

'마족.'

인간과 크게 다를 것은 없지만 느껴졌다. 저 남자는 마족이다. 한국인의 검은색 머리카락, 검은색 눈동자와는 느낌이 다른 짙은 검은색. 그와 대비되는 새하얀 피부. 몸에서 느껴지는 강력한 마기까지.

'산이…… 내 앞에 서 있는 것 같다.'

예전 데미안을 처음 봤을 때(여전히 그렇지만) 이런 느낌이었다. 결코 오를 수 없는, 오르기를 허락하지 않는 거대한 산이 눈앞에 있는 느낌.

'귀를 파고 있는데 허점이 보이지 않아.'

지금은 달빛의 연인 효과로 인해 안전지대가 펼쳐져 있는 상황이다. 만약 이 안전지대가 없었다면.

'나는 이미 죽었겠지.'

그것도 델리트되었을 확률이 매우 높다. 세아가 부활을 사용하기도 전에 그렇게 되었을 것 같다.

'마족들은 원래 다 이런가?'

다 이 정도는 아니다. 예전, 루블랑의 유산을 열기 위해 사용했었던 '가든의 뿔'의 주인인 가든 같은 경우. 이 정도는 아니었다.

묘하게 다른 부분도 있었다.

'그런데……'

정확하게는 모르겠지만, 데미안과 다른 느낌도 조금 있다. 파천심공과 심안이 그걸 느끼게 해줬다. 데미안을 바라볼 때는 파천심공이 격렬하게 반응했었다. 진정한 마기를 알아본 것처럼 말이다. 그건 지금도 마찬가지이기는 했는데.

'그때와 조금 달라.'

이건 그냥 느낌이었다. 뭐랄까. 데미안의 마기와 비교해서 그 강도는 어떨지 모르겠지만, 농도가 좀 옅은 느낌.

'뭐가 다른 거지?'

아직 잘 모르겠다. 한주혁이 물었다.

"당신은 상급 마족입니까?"

"글쎄."

남자의 엉덩이 부근에서 꼬리가 살랑살랑 움직였다. 실체를 가진 게 아니라 마기로 이루어진 꼬리였다. 그 꼬리가 바닥을 살짝 훑었다.

"상급 마족이라면 상급 마족이겠지."

그가 피식 웃었다.

"심심한데 잘됐어. 죽기 전에 대화나 조금 나누고 죽어. 죽기 전. 마지막 대화를 즐겁게 나누는 것도 좋겠어. 따분하지 않잖아."

"데미안을 알고 있습니까?"

바닥을 살살 훑으며 움직이던 꼬리가 우뚝 멈춰 섰다. 분위기가 바뀌었다.

"데미안?"

그의 꼬리가 사라졌다. 마기가 순식간에 주변으로 흩어졌다. 마치 연기처럼.

"너. 데미안을 알아?"

"이름만 들어봤습니다."

"오호."

그는 여유가 다시 생긴 듯했다. 꼬리가 다시 생겼다. 살랑살랑, 조금씩 움직였다. 혀를 내밀어 입술을 핥았다.

3충성은 저도 모르게 인상을 찡그렸다.

'혀가 뭐 저렇게 길어?'

입술을 핥는가 싶더니 이내 눈까지 핥았다. 저게 습성인 것 같았다. 혀가 자유자재로 움직였다.

'징그럽네.'

얼굴은 스크린을 뚫고 튀어나온 연예인마냥 잘생겼는데 하는 짓은 좀 역겨웠다.

'저 악마 꼬리 같은 건 또 뭐고?'

하나부터 열까지. 마음에 들지 않았다.

'절대악이 존대하는데 지가 뭐라고 반말을 지껄여?'

그는 3층성이다. 루펜달이 아니다. 그러나 루펜달 같은 마음과 시선으로 생각했다. 스스로 인식하지 못한 상태로, 그렇게 루펜달에게 동화됐다.

마족이 말했다.

"데미안에 대해서 더 말해봐. 정보에 따라서 너를 살려둘 수도 있어."

그의 이마 부근에 마기로 이루어진 느낌표가 떠올랐다.

"아참. 죽이긴 죽여야 돼. 근데 너 플레이어잖아. 죽이기는 하되 델리트는 안 시킬게. 어쨌든 나도 계약에 묶인 몸이라."

마기로 이루어진 느낌표는 이내 화살 모양으로 바뀌어서 한주혁을 향해 날아들었다. 공격력 자체는 없었다. 그걸 알고 있는 한주혁은 그 마기에 반응하지 않았고.

"데미안을 언제. 어디서. 어떻게 알았지?"

한주혁은 잠시 마족을 쳐다보았다. 생각에 빠졌다.

'데미안은 분명 마계 서열 2위라고 했어.'

그런데 그런 데미안을 두려워하지 않는 것 같다. 오히려 내리 깔아보고 있다.

'그렇다는 말은······.'

설마 싶지만.

'서열 1위의 최상급 마족인가?'

그렇다면 얘기가 복잡해진다. 하필이면 스승과 계약한 놈이 저놈이었다니.

한주혁이 입을 열었다.

"데미안에 대한 정보를 넘겨주면, 델리트시키지 않는다는 것이 확실합니까?"

한세아는 침묵했다. 오빠의 말에서 느꼈다. 저 마족은 항거하기 힘들 정도의 강력한 힘을 가지고 있다. 강함이라는 건 언제나 상대적인 거다. 오빠는 언제나 강했지만, 저 마족보다는 훨씬 약하다. 그걸 느꼈기에 말을 하지 못했다.

그와 중에 느낄 수 있었다.

'최후의 패는 마련해 놓고 있는 거네.'

영리한 토끼는 굴을 여러 개 파놓는다고 했다.

'어차피 오빠는 데미안을 소환할 생각이야.'

혼자서는 못 싸운다. 데미안을 소환할 거다. 그건 확실했다. 그런데 굳이 저렇게 시간을 끌면서 얘기하고 있는 이유는 간단했다. 마지막 순간에, 저 마족이 자신을 델리트시키지 않게 하기 위하여 작업을 하고 있는 거다.

"마족은 거짓말을 하지 않아."

"마족은 계약을 한다고 들었습니다."

마족은 재미있다는 듯 한주혁을 쳐다봤다. 마족의 이마 부근 허공에는, 마기로 이루어진 '♪' 표시가 떠올랐다.

"계약? 네가 계약도 알아? 좋아. 계약할게. 내가 데미안의 위치를 정확하게 알 수 있나, 데미안과 만날 수 있도록 결정적인 단서를 제공한다면, 절대 너를 델리트시키지 않겠다."

한주혁이 속으로 쾌재를 불렀다.

'비상수단은 마련해 놨고.'

한 가지 덧붙였다.

"내 일행들도 마찬가지입니다."

"물론. 데미안만 찾을 수 있다면야."

한주혁이 시간을 체크했다. 달빛의 연인 유효 시간은 이제 5분가량 남았다. 5분 정도. 저 마족은 이쪽에 협조적으로 행동할 거다. 재미있다는 이유로.

마족과 한주혁의 발밑에 검은색 마기로 이루어진 마법진이 생겨났다. 그 마법진이 한주혁의 몸을 뒤덮었다. 약 5초가 지났을 때. 마족의 꼬리가 먼지처럼 사라졌듯, 마법진도 사라졌다.

-마족 카르티안과의 계약이 완료되었습니다.
-계약의 내용은 마족의 율법에 따라 이행됩니다.

그 알림을 듣고 한주혁은 M/P포션을 사용했다. 마족 카르티안에게는 거짓말로 둘러댔다.

"특별한 인연과 방식을 통해, 플레이어만의 능력으로 데미안의 위치를 찾을 수 있습니다. 그러려면 M/P가 필요합니다."

"그래그래. 마음대로 해."

"시간이 조금 걸릴 수 있습니다."

"5분 줄게."

물론 거짓말이다. 달빛의 연인 사용으로 인해 M/P를 모두 소모한 것까지는 사실이지만, 그래서 M/P포션을 사용한 게 아니다. 한주혁이 M/P포션을 사용한 것은 '권능의 귓말'을 활성화시키기 위해서였다.

-데미안. 카르티안에 대해서 알고 있나?

-반드시 놈의 심장에 손톱을 박아 넣고 말겠다.

-네가 찾던 그 마족이 카르티안이 맞나?

마계로 가는 게이트를 열었고 그것이 확장되고 있다. 한주혁은 내심 그 게이트를 통해 결국 데미안의 퀘스트가 진행될 거라고 생각했었다. 그런데 예상과 달랐다.

'하이패스를 이용한 느낌인데.'

정당한 전투를 통해 패배했다면 데미안은 이토록 분노하지 않았을 거다. 도망도 치지 않았을 거다.

-맞다.

-놈을 찾은 것 같은데.

아직 시간이 조금 있다. 한주혁이 물었다.

-데미안. 네가 도망친 것이 맞나?

그렇다는 말은 데미안보다 저 카르티안이라는 마족이 더 강하다는 뜻 아니겠는가.

데미안이 말했다.

-마족은 결투를 통해 강해지는 종족이다.

그리고.

-마족끼리의 결투에서 패배란 곧 죽음을 뜻한다. 본래대로라면 도망은 존재하지 않는다. 단, 치욕스러운 항복의 의식을 행했을 때를 제외하고.

데미안이 계속해서 말을 이었다.

-우리는 열흘 밤낮을 싸웠다. 서로가 지쳤었다. 결국 놈은 내게 항복을 요청했다. 나는 그것을 받아들였다. 전투를 멈추고, 항복의 의식을 행할 때. 놈은 내 심장에 손톱을 찔러 넣었다.

-그게 종종 있는 일인가?

-마계 역사를 통틀어 단 한 번도 없었던 일이다. 항복의 의식 중에는 상대를 공격할 수 없으니까.

-그런데 공격을 했다는 거네? 마족들의 시스템 법칙을 무시하고.

한주혁과 데미안의 대화를 엿듣지 못하고 있는, 한주혁이 플레이어의 능력을 사용하고 있다고만 알고 있는 카르티안의 이마 근처에 마기로 이루어진 '……'이 떠올랐다.

"심심해. 심심해. 심심해. 3분 지났어. 아직 멀었냐?"

한주혁에게 남은 시간은 이제 2분 정도.

-치욕스럽고 비겁한 짓이다. 나는 결코 놈을 용서할 수 없고 놈을 마족으로 인정하지 않는다. 할 수만 있다면 나는 놈의 영

혼까지도 소멸시킬 것이다.

한주혁이 눈을 감은 상태로 말했다.

-카르티안이 내 눈앞에 있다. 현재는 안전지대가 설정되어 있는 상태. 이 안전지대는 약 2분 뒤에 풀린다.

데미안은 순간 대답하지 못했다. 카르티안이 바로 앞에 있을 거라고는 생각하지 못한 듯했다.

-계약 상위주체여. 피로 맺은 계약자여. 부디 나를 그쪽으로 소환해 주길 빈다. 반드시 놈을 죽이고 마계의 질서를 다시 세우겠다.

한주혁도 그럴 거다. 어차피 혼자서 카르티안과 싸울 수 없다.

"이제 남은 시간 2분이야. 아직 멀었냐?"

"2분 정도면 충분할 것 같습니다."

겉으로는 거짓말하고서, 권능의 귓말로 계속해서 정보를 전달했다.

-그런데 놈에게서 이상한 느낌이 있다.

처음에 카르티안을 봤을 때. 느꼈었던 느낌. 계속 보고 있노라니 조금 더 명확하게 느껴졌다.

-순수한 마기가 아닌, 좀 더 복잡한 느낌의 마기가 느껴진다.

절대악이라서 그걸 더 예민하게 느꼈다. 아주 미세한 느낌이지만 한주혁은 그걸 결국 알아차렸다.

-내가 가지고 있는 마나의 근원. 심공이 말해주고 있다. 극에 이른 마기가 아니다.

데미안은 그 말에 크게 신경 쓰지 않는 듯했다.

-애초에 치졸하고 더러운 놈이다. 사특한 기운을 익히고 있다고 해도 그다지 문제가 되지는 않을 터.

약 1분간. 몇몇 대화를 나누었다. 데미안이 다시 말했다.

-부디 나를 소환해 주길 바란다.

카르티안이 다시 한번 귀를 후볐다. 그 와중에 꼬리로 바닥을 또 쓸었다.

"이제 30초 남았다? 너 나 농락한 거면 찢어 죽일 줄 알아. 알겠어?"

그때, 한주혁이 말했다.

"데미안을 이쪽으로 부르겠습니다."

"엥? 뭐라고?"

카르티안의 대답을 듣지도 않고, 한주혁은 마족의 뿔을 사용했다.

이윽고 마법진 사이로, 마계 서열 2위의 데미안이 모습을 드러냈다.

"오랜만이다. 카르티안."

카르티안이 앞을 쳐다봤다.

"데미안?"

카르티안의 얼굴에서 웃음기가 사라졌다. 장난스레 바닥을 쓸고 있던 꼬리도 없어졌다. 그의 이마 근처에서 맴돌던 느낌표 모양의 마기도 자취를 감췄다.

"카르티안. 심장을 내어놓을 준비는 됐나?"

한주혁조차도 한 걸음 뒤로 물러섰다.

'둘의 기세가……'

하마터면 심안을 비활성화 상태로 돌릴 뻔했다. 심안을 통해 느껴지는 저 둘의 기세 싸움이 너무나 폭발적이었다. 그 폭발적인 기세 싸움을 보고 있노라니 자신의 심장이 부서질 것만 같은 느낌이었다.

-심안을 비활성화 상태로 전환하면 심검의 각인이 취소됩니다.
-심안을 비활성화 상태로 전환하시겠습니까?

한주혁은 버텨냈다.

'이 정도는 버틸 만해.'

아까 스승에게 당했던 심검에 비하면 아무것도 아닌 고통이다. 더 정확히 말하자면 심장이 터질 것만 같은 고통이 아니라, 터질 것만 같은 두려움이다.

'나도 자존심이 있지.'

진짜 싸움도 아니고 겨우 기세 싸움 정도에 겁먹을 수는 없지 않은가.

뒤를 힐끗 보니.

'애들은 아무렇지도 않네?'

오히려 이런 게 재미있었다. 한주혁을 제외한 다른 이들은 카르티안과 데미안이 보이지 않는 싸움을 진행하고 있다는 사실을 전혀 모르고 있는 것 같았다.

'카르티안이 나한테는 신경을 쓰지 않고 있어.'

신경을 쓰지 않는 게 아니라 신경을 쓰지 못하는 거다. 데미안에게 신경 쓰고 있느라.

"꼬랑지를 내리고 도망쳤던 주제에 잘도 모습을 드러냈구나."

데미안은 카르티안을 노려봤다.

"네놈의 심장을 씹어 먹고 마계의 질서를 바로잡겠다."

"도망친 놈이 무슨. 네놈이 예전의 데미안이라고 생각하고 있는 거냐?"

카르티안이 피식 웃었다.

"나는 예전보다 더 강해졌고, 너는 예전보다 더 약해졌다."

"그게 문제가 된다고 보나?"

한주혁은 시간을 살폈다.

'끽해야 30초 남짓.'

데미안에게 귓말을 보냈다.

-데미안. 놈이 말한 것이 무슨 뜻이지?

-놈은 마계에서 수련을 했고 나는 인간계로 도망쳤기 때문이겠지.

그 한 문장으로 인하여 한주혁은 상황을 파악할 수 있었다.

'마족들은 마계에서 수련하는 것이 유리한 것 같군.'

그래서 마계에서 수련한 카르티안은 점점 더 강해졌다는 뜻 같다. 인간계로 도망쳤던 데미안은 그 힘이 정체되었거나 더 약해졌다는 뜻일 테고.

-데미안. 기분이 나쁠지 모르겠지만.

-기분 나쁘지 않다.

데미안은 한주혁이 무슨 말을 할지. 이미 알고 있는 것 같았다.

-이미 놈은 마족의 질서를 어지럽혔고, 마족으로서의 자존심을 버렸다. 원한과 은혜는 모두 배 이상 갚아주는 것이 마족의 도리.

그 말은 곧.

-계약 상위주체와 함께 힘을 합치겠다.

자존심과는 상관없다는 얘기다. 이미 카르티안과의 결투에 신성함을 논하는 의미가 없어져 버렸으니까.

"데미안. 괜찮나? 나와 싸워도? 두렵지 않나?"

"오히려 네가 두려워 보이는군."

달빛의 연인 유효 시간은 이제 5초 남짓 남았다. 데미안과 카르티안. 둘 다 마력을 끌어 올렸다.

5초. 4초. 3초.

시간이 흘러갔다. 한주혁이 침을 꿀꺽 삼켰다.

'이 결투는……'

어쩌면 올림푸스 세계에서 가장 큰 결투일 수도 있다. 한주혁조차도 그 끝을 보지 못한 데미안이다. 그리고 상대는 그 데미안과 열흘 밤낮을 싸웠던 카르티안이고.

달빛의 연인 유효 시간이 끝났을 때. 카르티안이 다시 입을 열었다.

"데미안."

이제부터는 실제로 상대를 죽일 수 있다. 몸으로 부딪치지는 않았지만, 진짜 결투가 시작됐다. 마족의 결투. 결투의 끝은 누군가가 죽는다는 뜻이다. 그도 아니면 항복을 하거나.

"진짜 자신 있나?"

데미안이 피식 웃었다.

"두렵나? 마족이 무슨 말이 이렇게 많지? 마족은 손톱으로 말을 하는 것 아니었나?"

"데미안. 기회를 주겠다. 그때처럼. 개처럼 빌면서 도망쳐 봐라."

데미안은 대답하지 않았다. 그의 기억에도, 그리고 카르티안의 기억에도 '개처럼 빌었던' 기억은 없다. 그러나 도망쳤던 것은 사실이다. 그것은 부정할 수 없다.

"네 정수를 노리지는 않겠다. 마족의 계약으로."

"……."

데미안이 대답하지 않았다. 일단 전투는 소강상태. 한주혁은 예상외의 상황을 아무 말 없이 지켜봤다.

"어떠냐? 마족의 계약을 진행하겠다."

"……."

한주혁이 물었다.

-마족의 정수가 뭐지?

-마족은 사망할 때, 마족의 정수를 남긴다. 승자는 그 정수를 먹어치워 패자의 모든 것을 가지게 된다. 그것이 혹독한 환경의 마계에서 마족이 살아남는 방식이다.

약한 마족은 잡아먹히고, 그로 인해 강한 마족은 더더욱 강해지는 승자 생존의 방식을 가진 곳이 바로 마계인 듯했다.

-지금 카르티안은 내 마족의 정수를 탐내지 않겠다고 약속한 것이다. 마족의 계약을 통해.

-그것을 받아들일 생각인가?

데미안이 입을 열었다.

"왈왈."

"……."

이번에는 카르티안이 말을 잇지 못했다. 데미안이 갑자기 왜 개를 흉내 내며 짖었는지 그 이유를 대충 알 것 같았으니까.

"더 짖어봐라. 카르티안."

"……."

"짖는 방법도 잊었나? 개도 할 줄 아는 것인데."

순간, 카르티안의 발밑이 움푹 파여 들어갔다.

"네 스스로 생명 연장의 기회를 내던지는구나."

카르티안의 몸이 사라졌다. 데미안의 몸도 사라졌다. 3충성의 눈으로 본 그들은 그랬다. 보이지 않았다.

'뭐야?'

오히려 고요했다.

'아무것도 보이지 않고……'

아무것도 들리지 않았다. 뭐가 어떻게 돌아가는지 아예 보이지 않았다.

3충성은 절대악을 쳐다봤다. 그의 표정을 보아하니 심상치 않은 일이 벌어지고 있는 것 같아서 방해하지 않기로 했다.

'절대악이 뭔가를 사용했어.'

대충 뭔지 짐작은 된다.

'악신의 가호를 사용했겠지.'

절대악과 데미안은 한편이다. 그리고 절대악은 마족에게 큰 힘을 부여할 수 있다.

'그런데…… 왜 전혀 싸우는 것 같지가 않지?'

좀 더 봐야 알 것 같았다.

순간, 어지러움을 느낀 3충성은 저도 모르는 사이에 의식을 잃고 기절했다. 눈으로 보지 못했고 오감으로 느끼지 못했지만, 두 절대자의 전투가 뿜어내는 기세만으로 3충성은 기절하고 말았다.

그건 한세아도 마찬가지였다.

"오빠……."

한세아와 천세송도 그 자리에서 기절했다. 직접적으로 공격당한 것이 아니어서인지, H/P는 멀쩡했다. 특수 효과로 인해 기절 상태에 접어들었다.

한주혁은 파천보법을 펼쳐 천세송을 안아 든 상태로 두 절대자의 싸움을 눈에 담았다.

한주혁도 이렇게 느꼈다.

'고요하다.'

귀로 들리는 소음은 없다. 아무것도 들리지 않았다. 하지만 한주혁은 이 정적을 태풍의 소리 같다고 느꼈다.

'휘몰아치는 마나의 힘.'

서로 간 거리를 재며 서로의 틈을 노리고 있는 저 모습들은, 마치 맹수의 제왕과도 같았다.

'오히려 화려하지 않아.'

화려한 기술은 없다. 강력한 큰 기술도 보이지 않는다. 그저 빠르게 움직이며 서로의 틈을 노리고 있을 뿐.

'동작도 굉장히 작고.'

최소한의 움직임을 통해 서로를 견제하고 있다. 간결하고 짧은 동작만을 취하고 있다.

'큰 동작이 들어가면……. 그대로 카운터를 맞기 때문이겠지.'

한주혁도 경지가 높아지면 높아질수록 느끼는 바가 있었다.

하수 때에는 별로 화려할 게 없다. 움직임에서 특별함을 느끼기 어렵다. 중수 이상으로 넘어가면 동작과 스킬이 조금씩 화려해진다. 그러다가 고수가 되면 동작이 점점 더 간결해지고 간단해진다.

'그리고…… 저 정도 경지에 이르면.'

정말 단순하게만 움직인다. 화려한 스킬도, 능력도 뽐내지 않는다. 최소의 움직임으로 최대의 효율을 이끌어내는 것에 특화되어 있는 것 같다.

'발걸음 하나하나가 승패에 영향을 끼치겠지.'

얘기를 들어보면 카르티안은 마계에서 수련을 했고, 또 그 와중에 다른 마족의 정수를 삼켰을 것이다. 예전보다 더 강해졌다는 소리다.

'하지만…… 데미안은 내가 도울 수 있고.'

한주혁이 귓말로 정보를 전했다.

-악신의 가호를 사용하겠다.

대답은 들려오지 않았다. 데미안도 카르티안과의 전투에 집중하고 있는 듯 보였다. 대답할 여력도 딱히 없는 것 같았다. 이러니저러니 해도, 카르티안이 마계 서열 1위가 맞기는 한 것 같았다. 데미안이 쉽사리 접근하지 못하는 것을 보면 말이다.

데미안의 눈에 카르티안의 움직임이 보였다. 거리는 불과 1.5미터. 1.5미터 바로 앞. 살기 가득한 카르티안의 눈빛을 읽었다.

'네 패착의 원인은 절대악을 저대로 가만히 두고 있는 거다.'

만약 카르티안이 절대악을 염두에 더 두고 있었다면, 저렇게 두지는 않았을 거다.

'절대악. 그 혼자서는 너를 어떻게 할 수는 없겠지.'

카르티안이 마음만 먹는다면, 조금만 더 주의를 기울인다면, 그러면 절대악을 쉽게 죽일 수 있을 거다. 카르티안의 능력이라면 그럴 수 있다.

그러나 절대악을 크게 신경 쓰고 있지 않기 때문에, 염두에 두고 있지 않기 때문에. 그래서 지금 데미안 자신에게만 집중하고 있는 상황이다.

'보인다.'

악신의 가호. 그것만으로는 큰 힘을 발휘할 수 없다. 그러나 그 악신의 가호를 받는 당사자가 바로 데미안이다.

한주혁의 심안에도 무엇인가가 잡혔다.

'미세하지만…… 데미안이 더 압박해 들어가는 느낌이 든다.'

서로에게 유효타는 없었다. 서로의 손톱은 그저 상대의 피부를 살짝 긁었을 뿐이다. 그런데 기세가 조금 달라졌다. 팽팽하게 맞서는 두 상대에게, 미약한 도움을 줬을 뿐이다.

'원래도 실력 차이가 겨우 종이 한 장 차이.'

사실상 실력 차이가 없다고 해도 과언이 아닐 정도. 거기에 아주 조금, 한주혁이 도움을 줬다.

'종이 한 장이, 종이 두 장이 되기도 하겠지.'

그 아주 미세한 차이가 결국은 승패를 가른다.

두 마족이 동시에 모습을 드러냈다. 3충성의 눈에는 그렇게 보였다. 조용한 가운데 갑자기 서로 모습을 드러낸 상황.

"데미안. 조금 강해졌구나."

"마계에서 성장했는데. 아직도 제자리냐? 오히려 더 약해진 것 같구나."

데미안의 손톱은 카르티안의 심장에 닿았고, 카르티안의 손톱은 데미안의 목젖에 닿았다. 그 상태 그대로 둘 다 움직이지 않았다.

데미안이 말했다.

"내 마족의 정수를 취하지 않겠다고 했나?"

"마족의 계약으로 그렇게 하겠다고 했지. 왜? 마음이 동하나?"

데미안이 손톱을 거두었다. 약속이라도 한 것처럼, 카르티안도 함께 손톱을 거두었다. 둘은 다시금 거리를 벌렸다. 1.5미터 정도.

데미안이 카르티안을 쳐다보며 말을 이었다.

"나 역시 네놈의 정수를 취하지 않을 생각이다."

"……."

"마족이라 할 수도 없는 네놈 따위의 정수. 나 역시 애초에 필요하지도 않았다."

마족을 훨씬 더 강력하게 만들어주는, 마족의 정수. 그러나 데미안은 그 정수에 딱히 욕심이 없었다.

"내가 원하는 것은. 그저."

데미안이 손톱을 들어 올렸다.

"네놈의 죽음뿐이다."

그리고 그때 한주혁이 데미안에게 귓말을 보냈다.

-지금.

두 마족의 승패를 결정짓는, 승패의 열쇠를 지고서 한주혁
이 움직였다.

한주혁에게 알림이 들려왔다.

-심검의 각인이 완료되었습니다.
-파천심공과 심검의 상성을 확인합니다.

모든 과정을 거쳐.

-스킬. '심검'을 획득하였습니다.

한주혁이 노린 타이밍이 바로 이 타이밍이었다.

과거 전투를 치렀던 시점의 데미안과 카르티안. 데미안의 설
명을 빌리자면 데미안은 약해졌고, 카르티안은 더 강해졌다.
그 갭 차이를 '악신의 가호'가 메꿔주고 있었다면, 이제는 틈을
만들어줄 때다.

귓말과 함께 한주혁은 '심검'을 사용했다. 스승이 말했다. 한
주혁 자신에게 넘겨주지 않은 비기라고. 그리고 직접 당해봤
다. 눈에 보이지도 않고 피할 수도 없는 검.

-스킬. 심검을 사용합니다.

한주혁이 가슴을 부여잡았다.

'큭……!'

아직 익숙하지 못한 건지, 아니면 심검을 사용할 준비가 제대로 되어 있지 않은 건지. 이유는 모르겠지만, 심장 쪽에 꽤큰 충격이 왔다. 불안해서라도 자주 쓰지는 못할 것 같다.

'그래도.'

그래도 아주 약간의 틈을 만드는 것은 가능하리라 확신했다.

'심지어 나도 아무것도 느낄 수가 없어.'

M/P가 절반 이상 떨어져 내렸다. 스킬창도 제대로 살펴보지 못했다. 스킬을 사용한 당사자조차도 스킬이 제대로 발동됐는지 확인하지 못했다. 심검은 그만큼 은밀했다.

-심검이 활성화됩니다.

그 순간, 카르티안의 몸이 멈칫했다. 아주 짧은, 정말 짧은 순간이었다.

'네 심장이 보인다.'

그 아주 짧은 틈을, 데미안은 놓치지 않았다. 카르티안과 데미안. 둘 다 절대자의 반열에 오른 이들이다. 그 짧은 틈이 곧 패배로 연결될 수 있을 정도의 실력을 갖췄다.

푸욱!

살갗을 뚫는 소리가 들려왔다. 한세아는 그 소리에 몸을 부르르 떨었다. 그녀의 팔뚝에 소름이 돋았다. 듣기에 그리 유쾌한 소리는 아니었다.

'어떻게 된 거지?'

한세아는 이 전투를 제대로 지켜보지 못했다. 그녀가 볼 수 있었던 건, 카르티안의 심장에 데미안의 손톱이 박혀 있었다는 것 정도.

카르티안의 입에서 검은색 피가 흘러나왔다.

"너…… 이 비겁한 새끼……!"

카르티안의 눈동자가 한주혁을 향했다. 한주혁조차도 순간 움찔했다. 그만큼의 살기가 느껴졌다.

"네가 비겁을 말할 자격이 있나?"

데미안이 손을 천천히, 시계 방향으로 회전시켰다. 그의 팔뚝에 힘줄이 솟아났다.

"여기서 네 심장을 터뜨려 주겠다."

"데미안. 인간에게 도움을 받는 것이냐? 부끄럽지도 않은가?"

카르티안이 데미안의 얼굴에 침을 뱉었다. 그 침은 데미안의 얼굴에 닿지 못했다. 데미안의 몸에서 피어오른 마기가 침을 순식간에 증발시켜 버렸으니까.

"카르티안. 한때 마계를 호령했던 마족에게 유언의 시간을 남겨주겠다."

한주혁은 약간 답답했다. '그렇게 말할 시간에 빨리 끝을 내는 게 좋지 않겠나?' 하고 말하고 싶었지만 참았다. 스승이 마지막으로 남겨준 유산, '심검' 덕에 아주 작은 타이밍을 하나 만들어줬고 그로 인해 승패는 명확하게 갈렸으니까.

상황 파악이 끝난 한세아가 천세송을 끌어안았다.

"오빠가 이긴 거 같은데?"

"응. 다행이야."

한세아는 카르티안을 향해 혀를 쭉 내밀었다. 마치 약이라도 올리는 것처럼 말이다.

"그러니까 우리 오빠를 얕잡아 보면 안 되지. 그러다가 훅 가는 거여."

모르긴 몰라도 오빠가 어떤 도움을 준 것은 확실해 보였다. 그로 인해 승패가 명확하게 갈렸고.

"우리 오빠를 그냥 둔 것이 큰 실수였어."

3층성도 마음속으로 저 말에 동의했다.

'절대악을 그냥 둔 게 아니겠지.'

더 정확히 말하자면 그냥 두고 싶어서 그냥 둔 게 아니라, 어쩔 수 없이 그냥 둔 거다. 데미안을 앞에 두고 다른 사람에게 신경 쓸 겨를이 없었다고 보는 게 옳다.

'그렇다 하더라도⋯⋯.'

어쨌든 승리는 확실해 보였다.

'절대악은 아마⋯⋯ 데미안과 많은 대화를 나눴겠지.'

그렇지 않고서야 이토록 정확한 타이밍에 둘이 합심하여 카르티안의 심장을 공략할 수 있었을 리 없다.

'이런 플레이는 절대악만이 가능한 플레이다.'

상대 역시 마계의 절대자다. 그러한 절대자를 앞에 두고서 이런 수를 부릴 수 있다는 건 대단한 거다. 3층성은 그걸 정확하게 알았다. 알기 싫어도 알 수밖에 없었다. 그걸 몸으로 느꼈으니까.

'나는 움직일 수도 없었는데.'

두 절대자의 싸움이 시작되자 온몸이 굳어 움직일 수 없었다. 정말로, 아무것도 할 수 없는 막막한 기분이었다. 마치 태풍 앞의 인간처럼. 나약하게만 느껴졌었다.

'카르티안과 데미안의 상황은 비슷했겠지.'

둘 다 서로를 신경 쓰느라 여유가 없었을 거다. 아이러니하게도, 여유가 가장 많았던 사람은 두 절대자가 아니라 절대악이었다. 그리고 그 절대악이 승패를 갈랐다.

'카르티안의 패배 요인은 절대악이었다.'

그런데 그때. 카르티안이 말했다.

"유언? 유언이라고 했나?"

순간, 한주혁은 무엇인가가 잘못되었음을 느꼈다. 어느새 카르티안의 입에서 새어 나오던 검은색 피가 멈췄다.

"데미안."

씨익 웃으면서 말했다.

"가여운 마족 같으니라고."

데미안은 아무 말도 하지 않았다. 팔에 힘을 꽉 줬다.

'심장이 터지지 않는다.'

심장이 터지지 않았다. 손도 빠지지 않았다.

"지난 세월 동안. 내가 아무런 대비도 하지 않았으리라 생각하나?"

"……."

"마족이 언제까지 힘만 키우며 무식하게 싸우는 줄 알았나?"

데미안은 말을 하지 않았다. 한주혁은 느낄 수 있었다.

-데미안. 몸이 움직이지 않나?

-함정에 당한 것 같다.

움직이지 않는 게 아니라 움직이지 못하는 거고, 말을 하지 않는 게 아니라 말을 못 하고 있는 거다. 몸 전체가 마비된 것 같았다.

"그런 구시대적인 발상으로 이 카르티안과 싸우려 한 것이나?"

카르티안이 킬킬대고 웃으며 데미안의 머리를 톡톡 건드렸다.

"머리를 써야지. 마족이면 마족답게."

"……."

데미안이 생각하는 '마족다움'과 카르티안이 생각하는 '마족다움'은 여러모로 다른 것 같았다.

데미안은 데미안이 생각하는 '마족다운' 방식으로 카르티안을 처리하려고 했다. 카르티안 역시 그 사실을 잘 알고 있었던 듯했다. 그에 대비를 미리 하고 있었던 것 같고.

"지난 세월. 어떻게 하면 너를 죽일 수 있을까…… 그것만을 고민하며 살아왔거든."

카르티안이 씨익 웃고서 한주혁을 쳐다봤다.

"마지막 것은 제법이었다. 정통으로 맞았으면 많이 아플 뻔했어."

어깨를 으쓱했다.

"조금만 기다려라. 천천히 죽여줄 테니."

카르티안은 승리자의 기분을 만끽하는 것 같았다. 데미안을 찍어 눌렀다는 생각에 굉장히 기쁜 듯했다.

"데미안. 데미안. 데미안."

카르티안은 자신의 몸을 껴안고서 몸을 배배 꼬았다.

"데미안. 데미안. 데미안. 내 그 이름을 기억하며 지난 세월 얼마나 이를 갈았는가. 이제는 두 발 뻗고 편히 잘 수 있겠구나."

한주혁은 카르티안의 말을 들으면서 머릿속으로 계속해서 생각했다.

'카르티안은 데미안을 무력화시킬 방법을…… 찾아왔다.'

이쪽이 저쪽에 대해 일격을 날릴 준비를 하고 있었다면, 저쪽도 이쪽에 대한 준비를 하고 있었던 셈이다.

'너무 쉽게 생각했어.'

그렇지만.

'방법이 없지는 않겠지.'

한주혁은 알고 있다. 이 세계의 신이라 할 수 있는 제우스는 분명 자신에게 바라는 것이 있다. 절대악 클래스의 시나리오가 풀어나가야 할 숙제가 분명히 존재한다. 절대악 시나리오의 진행은 언제나 불가능에 가까웠다.

'분명 가능한 방법이 있다.'

그 불가능한 것들을, 한주혁은 여태까지 가능으로 바꿔왔었다.

'이곳은 켈트의 진정한 유산.'

절대악 메인 시나리오.

'처음부터 상황을 되짚어봐야 해.'

뭔가 놓치고 있는 게 아닐까. 시나리오대로 흘러간 것이라면. 여기서 카르티안이 나타나는 게 맞는 진행이라면. 분명히 다른 방법이 있다.

'적대악의 힘과 절대악의 힘을 한꺼번에 요구하는 곳.'

계속해서 그렇게 진행이 되고 있다. 예전부터 느끼고 있었는데, 그 두 가지 힘이 동시에 필요하다.

카르티안이 말했다.

"자. 마지막 유언을 남길 시간을 주마."

그러고서 입을 손으로 가리고서 웃었다.

"아참. 말 못 하지? 이거 어쩌나. 입이 있어도 죽고 난 후에는 말을 할 수 없을 텐데."

한주혁은 거기서 감을 잡았다. 그냥 흘려들을 수 있는 사소한 말인데 흘리지 않았다.

-세아. 데미안 죽으면 바로 살려. 미리 준비하고 있어. 가능

하지?

-으, 응? 해볼게. 할 수 있어.

부활하는 동안. 약간의 시간은 자신이 벌기로 했다.

'초인의 영역에 들어선 상태로 다시 한번 심검을 사용하면……'

아주 약간의 시간은 벌 수 있을 거다. 한세아는 잿빛 마도사다. 데미안도 되살릴 수 있고, 부활 시 데미안은 더욱 강화된다. 저쪽은 그 상황을 모른다.

'입이 있어도 죽고 난 이후에는 말을 할 수 없다고 했다.'

두 가지 상황이다. 입은 있다. 그런데 죽었다. 그래서 안타깝게도 말을 할 수 없다. 여기서 주목할 것은 '죽어서 말을 못한다'라는 것이다. '특수한 상태 효과 때문에 말을 못 한다'가 아니다.

'죽으면……'

그 말은 즉, 현재 데미안의 마비는 죽으면 풀린다고 해석할 수 있다.

카르티안이 손을 들어 올렸다. 그의 손끝에는 검은색 마기가 일렁거렸다.

"자. 그럼. 이제 내 오랜 친구의 마지막을 배웅해 볼까? 아참! 아직 아니다."

오른손에는 그랬고.

"이런 건 어때?"

왼손에는 흰색 기운이 일렁거렸다. 데미안의 눈빛에 독기가 어렸다. 말도 못 하고 몸도 움직이지 않지만, 눈빛에는 살기가 가득했다.

"재미있지? 이게 성력이라는 거야."

한주혁도 그 힘을 느꼈다.

'그래서…… 카르티안의 마기가 순수한 마기처럼 느껴지지 않았던 것이구나.'

데미안에게 이미 그렇게 알려주지 않았던가.

'마족이 성력을 익혀?'

둘은 완전히 상성이 반대일 텐데. 어떻게 저럴 수 있나 싶다.

"지금 네가 제압된 게 오로지 내 힘이라고 생각하면 억울할까 봐 알려준 거야."

혼자서 고개를 절레절레 저었다.

"언제까지 그렇게 무식하게 살래? 아참. 이제 못 살겠다. 그렇지?"

문득 생각난 듯 또 말을 이었다.

"마족의 정수는 먹어치울 거야. 계약 안 했잖아? 그러니까 살려준다고 했을 때 그냥 꼬리 말고 도망쳐서 오래오래 살지 그랬어."

그사이에도, 한주혁은 데미안에게 귓말을 보냈다.

-죽으면 네 상태 이상이 풀리는 것 같다.

확실하지는 않지만 아마 그럴 거라고 생각했다.

-루나가 너를 되살릴 거야. 경험해 봐서 알지?

-알고 있다.

귓말로 전해오는 음성에도 살기가 가득했다. 성력을 익히고 있는 마계 서열 1위의 마족을 이해해 줄 수 없는 듯했다.

-그러면 내가 초인의 영역과 심검을 사용해서 시간을 잠깐 벌 거야.

카르티안은 자신이 데미안을 짓밟았다는 생각에 깊이 심취한 듯, 황홀한 표정으로 계속 말했다.

"그래. 네가 그토록 혐오하는 힘을 사용해서 널 죽일 거야. 아주 아름다울 것 같아. 그렇지?"

한주혁이 귓말을 보냈다.

-내가 몇몇 아이템들을 루나 쪽으로 보내놓을 거야. 부활하자마자 그 아이템들을 사용해. 내가 혹시 죽더라도 신경 쓰지 말고. 정말 운이 더럽게 나쁘지 않은 이상 델리트는 안 당할 테니.

-아이템이라.

데미안은 탐탁지 않은 듯했다. 절대악이라는 플레이어와 힘을 합치는 것까지는 어떻게든 괜찮지만, 마족이 아이템이라니.

아주 잠깐 갈등하는 듯했지만, 데미안은 이내 동의했다.

-카르티안 따위에게 마족의 자존심을 세울 필요는 없잖아.

-세계 12대 초인들의 아이템이야. 도움이 많이 될 거야.

카르티안이 하하하하! 하고 크게 웃었다.

"잘 가. 친구."

다시 한번, 한주혁이 세아에게 귓말을 보냈다.

-지금.

절대악. 잿빛 마도사. 그리고 데미안이 다시 한번 한꺼번에 움직이기 시작했다.

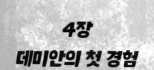

**4장
데미안의 첫 경험**

카르티안은 회심의 미소를 지었다.

'드디어.'

드디어 데미안을 죽일 수 있게 됐다.

데미안은 언제나 그의 눈엣가시였다. 언제 마계로 되돌아와 자신의 심장을 노릴지 알 수 없었으니까.

맨 처음. 그러니까 데미안이 사라진 이후에 그는 3일 동안 잠을 자지 않았다. 아니, 잘 수 없었다.

'드디어 네놈을……!'

이제는 편히 잘 수 있을 것 같다. 데미안만 처리하고 나면 마계에서 자신을 위협할 수 있는 자는 없을 터. 데미안의 정수까지 먹어치우고 나면, 명실공히 마계의 최강자로 군림할 수 있는 거다.

카르티안의 손이 데미안의 목을 쳤다. 카르티안은 이 감촉이 좋았다. 손날로 살을 가르는 이 느낌. 지점토를 찢어내는 것 같은 이 묘한 기분.

"크하하하하하!"

카르티안은 왼쪽 손바닥 전체로 얼굴을 감싸고서 허리를 뒤로 젖히고 크게 웃기 시작했다.

"하하하하하하!"

기분이 좋았다. 오랜 숙적을 이 자리에서 이렇게 처리할 수 있다는 것이 너무나 기뻤다. 행복할 정도였다.

"으흐하하하하하!"

그는 웃음을 멈추지 않았다. 검은 잿더미가 되어버린 데미안을 보면서 한껏 여유를 부렸다.

"이것이 바로 세상 돌아가는 이치라는 거야."

데미안은 분명히 강했다. 그렇지만 너무 우직했다. 세상이 어떻게 돌아가는지 몰랐다. 언제까지 성족들을 배척하기만 할 것인가. 마계는 이제 새로운 힘을 받아들일 때가 되었다.

카르티안은 그렇게 했다. 데미안이라는 위험 요소에 대비하기 위해서.

"결국 너는 뒤졌고 나는 살았지."

모든 것은 결과가 말해준다. 그게 세상이다.

한주혁의 눈이 가늘어졌다.

'내가 너를 죽일 수는 없겠지.'

그건 확실하다. 어쨌든 데미안을 죽인 능력자다. 마계 서열 1위라는 그 타이틀을, 놀면서 거저 얻은 건 아닌 것 같다.

'하지만 틈이라면.'

틈은 분명 만들 수 있다. 할 수 있다.

'실패하면 다음은 없어.'

여기서 실패하면 다음은 없다. 여유를 완전히 되찾은 카르티안은 이쪽을 몰살시킬 거다. 지금이야 승리에 도취되어 이쪽을 그냥 두고 있지만, 그것도 오래가지는 않을 것이 분명했다.

'완전히 여유를 찾은 카르티안에게 델리트는 어렵지 않겠지.'

데미안과 동급의 마족. 델리트시키는 게 뭐가 어렵겠는가.

'집중한다.'

지금은 약간의 모험을 할 수밖에 없다. 100퍼센트, 저놈을 이길 수 있을 거라는 생각은 하지 않는다. 하지만 다시 한번, 할 수 있다고 생각했다.

-스킬. 초인의 영역-1을 사용합니다.

한주혁의 기세를 느낀 카르티안이 한주혁을 힐끗 쳐다봤다. 하지만 딱히 공격하지는 않았다.

"어쭈?"

한주혁이 하는 모양새를 그저 보기만 했다.

"뭐 어쩌려고?"

마치 토끼 앞에 선 호랑이처럼. 카르티안은 여유롭기 그지 없었다. 마치 너 따위가 뭔가를 해봐야 뭘 어쩌겠느냐. 그러한 표정과 태도였다.

여유를 되찾은 카르티안의 엉덩이 부근에는 또다시 마력으로 이루어진 꼬리가 나타났다. 그 꼬리가 땅을 쓸었다.

한주혁은 집중했다.

'놈은 완전히 방심하고 있어.'

그리고 저놈의 성격상, 한주혁 자신을 이차적 문제로 생각할 것이다. 한주혁에게도 여유가 있고 기회가 있다.

-루나. 저놈. 데미안의 정수를 파헤치려 할 거야.

마족에게 있어서 정수는 그 생명이라 할 수 있다. 마족 그 자체라고 해도 과언이 아니다.

-놈이 데미안의 정수에 정신 팔린 그때가 기회야.

카르티안의 움직임은 상상을 초월한다. 마음먹고 움직이면 한주혁도 반응할 수 없을 정도로 빠르고 정확하다. 1초, 아니, 0.1초의 타이밍이 생사를 가를 수도 있다.

"자. 너희들은 천천히 가지고 놀다 죽여줄 테니까. 마지막을 즐기며 놀고 있어."

카르티안의 손이 데미안의 잿더미로 향하는 그 시점에, 한세아가 부활 스킬을 사용했다. 그와 완전히 똑같은 타이밍에 초인의 영역을 사용한 한주혁이 심검을 사용했다.

-스킬. 심검을 사용합니다.

아직 완벽하게 익숙한 스킬이 아니다.

이유는 모르겠지만 사용할 때마다 가슴 쪽에 큰 통증이 느껴진다. 다시는 사용하면 안 될 것만 같은 그런 기분.

그렇지만 그 때문에 사용 안 하기에는, 지금 상황이 너무 급박하다. 카르티안에게서 1초라도 빼앗기에는 심검만큼 좋은 스킬이 없다.

'M/P포션.'

심검을 아까 써봤다. M/P가 절반 가까이 떨어져 내린다. 이것을 운용하려면 M/P포션이 필수다. M/P포션을 사용해서 M/P를 회복시켜 가면서.

-스킬. 아수라극천무를 사용합니다.

한주혁 본인이 사용할 수 있는 가장 강력한 광역기를 사용했다. 이 광역기로 카르티안을 직접 공격하려는 게 아니다.

'연타로 스킬을 사용했어.'

카르티안이 데미안의 정수에 정신이 팔려 있는 틈을 타서, 연계기를 사용했다. 카르티안이 생각보다는 느리게 반응했다는 소리다. 정말 빠르게 움직였다면 연계기를 펼치기도 전에 자신은 죽었을 테니까.

한주혁이 저도 모르게 씨익 웃었다.

'반쯤 성공한 것 같은데.'

분명 죽을 수도 있다. 운 나쁘면 델리트당할 수도 있다. 그렇지만 괜찮았다. 심장이 쿵쿵대는 이 기분. 그리 나쁘지 않았다.

3충성도 한주혁의 미소를 볼 수 있었다.

'절대악은 지금의 이 상황을 즐기고 있다.'

누군가 그랬다. 노력하는 자는 즐기는 자를 이길 수 없다고. 누가 그랬는지는 모르겠지만, 3충성은 그 말을 떠올렸다. 마계 서열 1위 앞에서 웃음을 보일 수 있다는 건 절대악이 그만큼 즐기고 있다는 얘기 아니겠는가.

'그러니까 절대악이 됐겠지.'

올림푸스를 진정으로 즐길 수 있는 자. 그를 통해 세계의 정점이 된 자. 3충성은 절대악을 그렇게 평가하면서 순수하게 감탄했다. 인터넷 논객 3충성으로 되돌아가 절대악에 대한 관찰 일지를 쓰고 싶은 생각이 간절해질 정도였다. 더 정확히 말하자면 절대악에 대해 자랑을 하고 싶었다.

'응? 내가 왜?'

순간, 3충성은 정신을 차렸다. 내가 왜 절대악 찬양기 같은 것을 쓰고 싶단 말인가. 정신 차려야 했다. 그는 논리적이고 중립적인 인터넷 논객이어야만 했으니까.

어쨌든 현재 이 '켈트의 진정한 유산'은 한주혁이 만들어낸 보랏빛 운무와 검은색 번개가 가득한, 악령이 휘몰아치는 것만 같은 공간으로 변했다.

'시야를 아주 조금만 가리면 돼.'

한주혁이 황급히 몸을 뒤로 뺐다.

-스킬. 파천보법을 사용합니다.

카르티안이 직접 움직인 것이 아니라, 마기를 쏘아냈다. 강력한 절삭력을 가진 마기를 말이다.

"왜 이렇게 귀찮게 구는 거야? 죽고 싶어?"

카르티안이 보랏빛 운무를 뚫고 불쑥 얼굴을 드러냈다. 손도 불쑥 튀어나왔다. 그것이 한주혁의 목을 잡았다.

"컥……!"

한주혁의 몸이 공중에 떴다. 아수라극천무도, 심검도 카르티안에게 큰 타격을 입히지는 못했다. H/P를 30퍼센트 정도 떨어뜨리는 것이 끝이었다.

한세아는 침을 꿀꺽 삼켰다.

'어그로는 제대로 끌었어.'

어그로는 제대로 끌었다. 지금 카르티안을 유인한 오빠가 얼마만큼 더 버텨주느냐. 그게 문제였다.

천세송도 가만히 있지 않았다.

"꽃순아. 부탁해."

이프리트는 떨떠름한 표정을 지은 채, 불꽃으로 만들어진

땀을 뻘뻘 흘렸다.

"……아픔을 느끼지는 못하는데 그래도 저 마족은 무섭네요."

그 말과 함께 카르티안에게 달려들었다. 카르티안의 몸을 붉은색 불꽃이 뒤덮었다.

카르티안이 인상을 살짝 찡그렸다.

"재미있게 놀고 있으라고 했더니 귀찮게들 하는군."

카르티안의 혓바닥이 카르티안 자신의 얼굴 전체를 한 번 핥았다. 온몸을 뒤덮고 있는 붉은 불꽃 따위는 아무렇지도 않다는 듯.

한주혁은 목을 졸리고 있는 상태에서도 평정심을 놓치지 않았다.

'잘했어. 세송아.'

힘의 차이가 극명해도 귀찮은 건 귀찮은 거다. 하루살이 몇 마리가 인간을 어떻게 하지는 못한다. 하지만 그 하루살이 몇 마리가 눈앞에서 자꾸 날아다니면 신경 쓰이게 마련이다. 집중이 분산된다.

지금 노리고 있는 것이 딱 그 수준이다. 그 정도면 충분했고.

'내 H/P는…….'

순식간에 떨어져 내려 현재 약 50퍼센트 남았다.

'카르티안. 여전히 여유를 부리고 있구나.'

자신을 죽이려 했다면 진작 죽였을 텐데. 여유를 부리고 있었다.

'그만큼 이놈이 강력하다는 얘기겠지.'

쓸쓸하지만 현실은 현실이다.

"울어봐. 울면서 빌면 살려줄 수도 있어."

카르티안의 혓바닥이 한주혁의 목부터 시작해서 볼을 핥았다. 끈적거리는 침이 한주혁의 얼굴에서 흘러내렸다. 카르티안의 손에서는 검은색 기운이 일렁거렸고, 그 손과 맞닿은 한주혁의 목에서는 치이이익-! 하는 소리와 함께 연기가 피어오르고, 고기 타는 냄새가 났다.

"울어보라니까?"

카르티안은 기분이 무척 좋은 것 같았다.

"나는 이런 약한 병신들이 발악하는 꼴을 보면 참 재미있어."

어차피 놈들은 태어나기를 약하게 태어났다. 데미안과 자신과는 다르게, 태어날 때부터 하잘것없는 병신으로 태어났다.

"태생을 극복해 보려고 그 난리를 친단 말이야."

그래 봤자 소용없다. 어차피 놈들은 약하니까. 약하게 태어났으니까.

"가끔 보면 귀엽기도 하고. 안쓰럽기도 하고. 병신 같기도 하고."

씨익 웃었다.

"어디 지옥에 가서도 열심히 발버둥 쳐봐라. 지옥에서도 바닥을 기겠지만."

한주혁은 목을 잡혀 공중에 뜬 그 상태 그대로, 눈동자만 움직여 카르티안을 봤다.

푸욱!

소리와 함께 카르티안의 가슴을 뚫고 데미안의 손이 튀어나왔다. 그 충격이 꽤 컸는지 카르티안은 한주혁을 놓쳤다.

바닥에 떨어져 내린 한주혁은 몇 번이나 기침을 했다.

쿨럭. 쿨럭.

한주혁 자신의 목을 매만졌다. 뜨거운 열기가 남아 있었다.

'H/P가⋯⋯.'

이건 천운이라고 해도 좋을 정도였다. 정말 우연히, H/P가 4 남아 있었다. 말 그대로 1초만 더 잡혀 있었어도 죽었을 거다.

황급히 H/P포션을 사용해서 H/P를 회복했다.

"데미안. 늦었잖아."

"미안하다. 계약 상위주체여."

카르티안이 목을 돌렸다. 기괴하게도, 180도만큼 목이 돌아갔다.

"너. 어떻게 살아 있어?"

"너만 숨겨진 힘이 있다고 생각했나?"

데미안의 오른손은 카르티안의 심장을 뚫은 상태. 그가 왼손으로 카르티안의 돌아간 목을 잡았다.

"이게 소용없다는 걸 아까 알았을 텐데. 학습 능력이 없는 거냐?"

데미안에게 알림이 들려왔다.

-말카노의 귀걸이가 악 속성 공격에 대항합니다.

말카노의 귀걸이. 세계 12대 초인의 아이템 중 하나로 신급 미만의 악/마 속성 공격을 상당 부분 방어하는 한주혁의 아이템이다.

'이게 아이템의 힘.'

아까 심장을 잡았을 때, 온몸이 마비됐던 그 능력이 제대로 발휘되지 않았다. 귀걸이 하나를 꼈을 뿐인데. 데미안은 신세계를 경험했다.

데미안이 피식 웃었다.

"나를 마비시켰던 그 능력이……. 성족 놈들의 석화마법을 받아들여 변화시킨 것에 가깝더군."

직접 당해본 뒤, 카르티안에게서 흰빛이 새어 나오는 것을 보고 나서야 알게 됐다. 카르티안의 능력이 단순히 마족의 능력이 아니라는 것을.

카르티안의 몸이 바들바들 떨리기 시작했다.

"너……!"

데미안에게 또 알림이 들려왔다.

-루폰테의 목걸이가 외부의 기운에 저항합니다.

카르티안의 능력은, 기본 바탕은 악 속성이되 반대되는 성속성 능력을 활용하여 발휘되는 능력이다. 기본 속성인 악 속성에 대한 저항은 '말카노의 귀걸이'로 하고서 석화에 가까운 이 마비 능력은 '루폰테의 목걸이'로 저항했다. 세계 12대 초인의 아이템이자 신급 등급인 루폰테의 목걸이에는 특수 능력이 포함되어 있으니까.

2) 신급 이하의 모든 석화 마법에 대한 강력한 저항.

어느새 데미안의 시선은 H/P를 전부 회복한 한주혁에게 가 있었다.

그가 아주 가볍게 고개를 숙였다. 자신의 복수를 성공하게 만들어준, 계약 상위주체에 대한 가벼운 경례였다. 데미안은 지금 상황에서 할 수 있는, 최대한의 경의를 표했다.

데미안이 말을 이었다.

"네 가장 큰 실수는 여유를 부리며 절대악을 살려뒀다는 거지."

처음에도 그렇게 심장이 뚫렸었다. 카르티안에게 똑같이 되돌려줬다.

"학습 능력이 없는 거냐?"

그때 카르티안이 말했다.

"너, 단단히 착각하고 있는 것 같은데."

"……"

"내 석화 능력을 무력화했다고 해서 날 어떻게 할 수 있을 것 같다고 생각하나?"

카르티안이 다시금 혀를 내밀어 자신의 얼굴을 핥았다.

"우리는 마족이지."

악 속성의 종족이다.

"악 속성으로는 내게 치명상을 가할 수 없어."

카르티안은 데미안에게 지고 싶지 않았다. 아니, 지면 안 됐다. 질 수 없었다. 그래서 자존심을 버리고 성족과 결탁까지 했다.

"악 속성 공격이 아닌, 다른 공격을. 과연 네가 할 수 있을까? 데미안?"

거기서 한주혁이 말했다.

"어때? 아이템을 처음 써보는 기분은?"

이를테면 구마도스의 장갑 같은 것 말이다.

데미안은 스스로도 얼떨떨했다.

'플레이어들이 사용하는 아이템이라는 것이⋯⋯.'

솔직히 말해서 이 정도의 능력을 가지고 있을 거라고는 생각하지 못했다.

'이 정도의 힘을 가지고 있었나?'

아이템을 사용한 것은, 말하자면 데미안의 첫 경험이었다. 그 첫 경험은 너무나 황홀하고 또 달콤하기까지 했다.

'인간들이 아이템이라는 것에 목을 매는 이유가⋯⋯ 바로 이런 것인가?'

원래 데미안은 아이템이라는 것을 혐오했다. 사실 인간 자체를 별로 좋아하지 않았다. 약하게 태어난 인간들은 그것을 극복하기 위하여 '초인의 영역'이니 '아이템'이니 그러한 잡스러운 것들로 온몸을 치장하고 있다고 생각했기 때문이다.

'내 생각이 틀렸나.'

대부분의 마족들이 데미안처럼 생각한다. 특히나 아이템 등을 사용하는 것을 거의 혐오한다. 마족은 마족답게. 손톱과 마력으로 싸워야 한다. 그게 맞는 거다.

그런데 여기서 의문점이 생겼다.

'왜 꼭 그래야만 하는 것이지?'

첫 경험은 그만큼 데미안에게 강렬한 충격을 안겨다 주었다.

마족들은 여태까지 그렇게 생각해 왔다. 아이템 같은, 잡스러운 것들은 사용하면 안 된다. 마족에게 불명예다. 마족은 절대 그래서는 안 된다.

'왜?'

그런데 '왜'에 대한 것은 생각해 보지 않았던 것 같다. 그냥 '응당 그래야만 하니까' 그래왔었다.

데미안은 자신이 사용하고 있는 장갑의 효능에 다시 한번 놀랐다.

'이게 구마도스 장갑.'

인간들 따위가 만들어서 사용하는 허접한 것이라고 생각해 왔었는데. 이건 전혀 그렇지 않았다.

"크윽……!"

카르티안은 믿을 수 없다는 듯 데미안을 쳐다봤다. 카르티안의 입에서 검붉은 피가 질질 흘러나왔다.

"마족인 네가…… 어떻게……!"

카르티안은 데미안에 대해서 누구보다 잘 알고 있다고 생각했다. 어떻게든 데미안을 이기기 위해서 노력해 왔으며, 데미안에 대해 분석하고 또 분석해 왔다.

'악 속성이 아닌 다른 속성의 힘을 익혔을 리가 없잖아.'

그렇다. 다른 마족도 아니고. 데미안은 더욱 그렇다. 다른 속성의 힘을 거의 혐오하다시피 하는 데미안이다. 데미안에 대해서 잘 안다. 데미안이라면, 아니, 데미안이기 때문에 악 속성의 능력만을 사용할 것이라고 확신해 왔다.

데미안이 씨익 웃었다.

"시대가 변하면 마족도 변해야지."

이번에 확실히 느꼈다. 아이템의 유무에 따라, 같은 마족끼리도 엄청난 차이가 발생한다.

"너, 너…… 이 비겁한 새끼……!"

카르티안이 우웨엑! 하고서 무엇인가를 뱉어냈다. 검붉은 핏덩어리였다.

"비겁?"

데미안이 카르티안의 목을 더 세게 쥐었다.

"네가 비겁을 논할 자격이 있나? 성마전쟁 이후로, 우리는 성족과 연결 고리를 완전히 끊었다."

다른 힘은 몰라도.

"적어도 성족의 힘을 사용하면 안 됐어."

아이러니하게도, 카르티안의 이 행동이 데미안을 변화시켰다. 카르티안의 행동이 없었다면, 어쩌면 데미안은 여전히 아이템 등을 사용하는 것에 큰 거부 반응을 일으키고 있었을지도 모를 일이다.

"너에게는 마족에게 있어야 할 최소한의 자긍심과 명예마저도 찾아볼 수 없구나."

데미안은 여기서 끝을 내기로 했다. 다른 속성? 딱히 필요하지 않았다. 구마도스 장갑에 의해, 속성 방어가 무효화되니까. 그냥 때리면 된다. 어쩌면 이 구마도스 장갑은 데미안을 위해 태어난 아이템일지도 모른다.

한주혁은 저도 모르게 침을 한번 꼴깍 삼켰다.

'데미안이 변했네.'

이 첫 경험이 너무나 강렬했던 것 같다.

'마계에도 변화의 바람이 불어닥치겠어.'

다소간의 거부 반응은 있겠지만, 서열 1위와 2위가 다른 힘을 꺼내 사용했다. 위에서부터 그렇게 변했다. 위가 변하면 아래도 변하게 마련이다.

권능의 귓말을 사용했다.

-시르티안.

대답은 들려오지 않았다. 이곳은 엄연히 던전 속이고, 바깥과 단절되어 있는 필드였으니까.

-잘 들어. 맨몸 격투가들에게 필요한 아이템들을 최대한 많이 모아놔. 잡템부터 레전드급 이상까지. 돈을 아끼지 말고. 가능하면 악 속성에 유리한 아이템이면 더 좋아.

시르티안이 아마 기뻐할 거다. 마족의 숫자가 얼마나 될지는 모르겠지만, 이제 새로운 시장이 개척되는 것 아니겠는가. 마족들은 대부분 맨몸으로 싸우는 것에 익숙해져 있고, 따라서 맨몸 격투가에게 좋은 아이템들을 원할 거다.

'제우스가……. 여기까지 노린 건가?'

그것까지는 모르겠다.

'마계로 가는 게이트도 열어줬고.'

마계의 일인자나 다름없는 데미안이 자신의 계약자고. 거기에 더해 카르티안에 의해 데미안이 변했다.

'새로운 아이템 시장이다……!'

그냥 시장 자체가 아니다. 단순 대륙 차원도 아니다. 아예 차원 자체가 다른 새로운 시장이 열리는 거다.

'개이득!'

한주혁은 속으로 쾌재를 불렀다.

루펜달이 촬영한 영상은 한바탕 센세이션을 일으켰다. 올림 푸스에 접속하고 있던 사람들조차도 전부 올림푸스 매니아에 시선을 돌릴 만큼.

-절대악조차도 힘겨워하는 상대가 있다고?

그런데 그 상대가 다른 것도 아니고 이상한 새였다. 꼬롱새 라는 이름이 붙은 괴상한 새.

-도대체 얼마나 강력한 새임?
-저런 게 필드에 한 마리 풀리면 플레이어들은 전원 몰살 아님?
-그러기 전에 NPC들이 나서겠지.

그쯤 되는 몬스터가 나타나면 NPC들이 움직이게 마련이다. 사람들은 긴장했다.
루펜달의 영상은, 루펜달이 사망하면서 끊겼다. 많은 사람 들이 궁금해했다.

-어떻게 되는 거임?
-그래도 당연히 절대악이 이기겠지?
-절대악 표정 보면…… 평소랑 완전 다르던데.

절대악은 언제나 자신만만했다. 사람들이 보기에는 그랬다. 그런데 이번만큼은 풍기는 분위기가 많이 달랐다. 꼬롱새를 맞이하는 절대악의 태도는, 마치 엄청난 절대자를 대하는 것과 비슷했다.

한편, 인형술사 Siri 역시 영상을 확인했다.

'절대악이……'

그녀는 꼬롱새에 집중하지 않았다. 꼬롱새가 날아든 곳을 확인했다.

'내가 알고 있는 그곳과 일치해.'

울창한 숲속. 만월이 보이는 둥그런 공간. 만월 사이로 떠오른 10미터 남짓한 새.

'꼬로롱 거리는 특이한 울음소리.'

인형술사 Siri의 메인 시나리오 퀘스트에는 이러한 내용이 포함되어 있다.

<만월이 뜨는 밤. 의지가 잠드는 그 밤. 악과 악이 마주치는 절망적인 밤. 특별한 울음소리에 깃든 의지가 내린 곳에. 악을 다스리는 군주가 강림하리라.>

그리고 그러한 곳을 발견하게 되면, 그곳으로 즉시 이동할 수 있다. 4번 성좌. Siri의 권능이었다.

<악의 군주를 집어삼켜라. 세상을 지배할 수 있을 것이니.>

악의 군주가 무엇인지는 모르겠다. 저기서 무언가가 나오는 것이 틀림없었다.

'저곳에서……'

저곳에 가면 인형술사 Siri가 가지고 있는 일회성 권능. '최후의 비기'를 사용할 수 있을 것 같다. 클래스를 플레이함에 있어서 단 한 번 사용할 수 있는 절대 권능.

다만 그 권능을 사용하기 위해서는 몇 가지 조건이 필요했다.

'내 남은 생명을 모두 소진해야 하고.'

앞으로는 부활의 특권이 사라진다. 한번 죽으면 자동으로 델리트된다. 플레이어로서는 어마어마한 페널티라 할 수 있다.

그것뿐만이 아니었다.

"유리아. 너도 가야 돼."

"나도? 나 레벨 완전 저렙인데."

"그래도 성좌잖아."

그것도 특별한 성좌. '절망 속의 별'이라는 이름을 가진 성좌다.

에르간이 사망한 뒤, 유리아는 6번 성좌의 자리를 얻었다. 기존에 가지고 있던 테이밍 클래스는 삭제했다. 덕분에 레벨은 낮아졌지만 괜찮았다. 어차피 평생 숨어서 먹고 살 수 있을 만큼의 재화는 축적해 놓은 상태였으니까.

"아직 절대악 죽일 힘은 없어. 성장 속도가 엄청 빠르긴 한데……."

제우스가 밸런스 패치를 해준 것인지, '절망 속의 별'은 어마어마한 성장 속도를 자랑했다. 그래도 그간 보고 배운 것이 있어서 대중 앞에 모습을 드러내지는 않았지만 말이다.

"그게 중요한 게 아냐. 엄마는 지금 최후의 비기를 사용할 생각이야."

"헐? 그거 사용 조건이 너무 까다로워서 사용 못 한다며?"

시스템 설명에 따르면 '세상을 지배할 수 있는 힘'을 얻을 수 있게 된다고 했다. 제대로만 잘되면 말이다.

"그걸 알아냈어."

"아……."

성좌들의 생명이 필요하다. 두 명 이상의 생명이.

"그러니까 엄마랑 나랑 목숨 걸고 한번 시도한다는 거지?"

Siri가 고개를 끄덕였다.

"복수해야지. 절대악한테."

절대악만 없었어도 이렇게 되지는 않았다. 한국, 아니, 어쩌면 전 세계가 태르민 일가의 손에 들어왔을지도 모를 일이다. 절대악만 없었다면 아버지인 태르민이 전 세계를 집어삼켰을 수도 있었으니까.

유리아는 잠시 고민했다.

'괜찮겠지?'

절대악에게 복수해야 한다는 건 확실하다. 절대악의 힘만 없애 버리면, 현실에서 죽일 거다. 절대악의 힘이 사라지면, 그 누구도 절대악을 지키지 않을 테니까. 성가신 강대국들의 비호도 사라질 거다.

'죽이긴 해야 하는데……'

그런데 좀 무섭다. 거대한 해일이나 폭풍을 눈앞에 두고 있는 것 같은 느낌이다. 절대악을 떠올리면 막막했다. 죽여야 할 원수인데, 그럼에도 불구하고 조금 두렵기도 했다.

유리아가 입술을 깨물었다.

"우린 귀족이니까."

그렇게 배워왔고 그렇게 커왔다. 그게 정상적인 거다. 개돼지들 위에서 군림하며 귀족으로서 살아야만 했다.

"귀족의 명예를 지켜야지."

당했으면 갚아줘야 한다. 다시는 기어오르지 못하도록.

'절대악이 없으면 개돼지들도 다시는 나대지 못하겠지.'

그건 확실했다. 촛불 혁명이니 절대악 열풍이니 그딴 건 다 사라질 거다. 엄마의 절대 권능이 제대로 사용되어서 엄청난 힘을 얻게 된다면 말이다.

"엄마. 나도 같이 갈게. 내 성좌로서의 목숨을 전부 사용해서. 엄마를 도울게."

"잘 생각했어."

현실적으로, 태르민의 도움도 받기 힘든 상태다. 딸인 Siri조차 그의 행방을 모른다. 태르민 없이, 절대악을 상대해야 하는 상황. 둘은 결연한 표정을 지으며 고개를 한번 끄덕였다.

Siri가 말했다.

"정상적인 사회를 다시 만들자."

지금은 너무나 비정상적인 사회니까. 절대악만 없애 버리면, 다시 모든 것이 제자리로 돌아올 거다.

모녀는 올림푸스에 접속했다. 인형술사의 권능. '최후의 비기'를 사용하기 위해서.

데미안이 말했다.

"계약 상위주체여."

카르티안의 몸이 바들바들 떨리고 있는 상태. 입에서는 검붉은 피가 질질 흘러내렸고, 힘을 잃은 개구리마냥 다리가 축 처졌다.

"그대가 끝을 내는 것이 좋지 아니한가?"

"내가?"

"어렵지는 않을 것이다."

카르티안은 의식이 거의 사라진 상태였지만 그래도 마지막으로 발악했다.

"다, 닥쳐라……! 나를…… 어디…… 까지…… 추락…… 시킬…… 것……."

짜악.

데미안이 손에 힘을 더 줬다. 카르티안은 괴로운 듯 괴성을 낼 뿐 더 이상 말을 잇지 못했다.

"나는 카르티안의 정수를 먹지 않을 것이다."

저 더러운 정수에는 관심이 없다. 오히려 첫 경험을 마친 아이템이 훨씬 더 끌린다.

데미안이 말을 이었다.

"마족의 정수는 죽인 자가 먹을 수 있다. 그것이 룰이다."

그 말은 즉, 숨통을 끊어놓은 사람이 상대의 정수를 흡수할 수 있다는 얘기가 된다.

한주혁의 몸이 바르르 떨렸다.

'이거⋯⋯.'

일생일대의 행운이 찾아왔음을 직감했다.

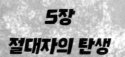

5장
절대자의 탄생

유리엘은 턱을 괸 상태로 땅바닥에 앉았다. 그리고 발가락을 까딱거리면서 계속해서 기다렸다.

"아니. 도대체 언제 나오는 걸까? 절대악 친구는?"

그 옆에서 로랑은 아무런 대답도 하지 못했다.

'제기랄……'

14억 중국 플레이어들 중 단연코 탑이라할 수 있는 로랑이건만 유리엘이라는 이 기사 NPC 앞에서는 아무것도 할 수 없었다.

'왜 하필이면 이런 놈에게 걸려가지고.'

정말 수치스러운 것은.

'왜 내가 이놈에게 술을 따라야 하는 거냐?'

술을 따라야만 한다는 것이다. 그것도 무릎을 꿇고 조신하게 말이다.

중국 최대 연합의 연합장으로서의 모습은 살펴볼 수 없었다. 그나마 중국 자체적으로 영상 송출을 금지한 덕에 그러한 모습이 전 세계에 방영되지는 않았다는 것이 다행이라면 다행이었다.

"따분하네."

사실 술을 따라야 하는 것보다 더 수치스러운 게 있었다.

"흐흐흐흐흐."

유리엘은 술에 취한 이후로 자꾸만 자신을 끌어당겨 뽀뽀를 해댔다. 꺼끌꺼끌한 턱수염이 볼을 통해 느껴졌는데, 남자를 좋아하는 성향이 아닌 로랑은 구역질이 날 뻔했다.

'죽여 버리고 싶다.'

이건 진심이었다. 진심으로 저 유리엘이라는 놈을 죽여 버리고 싶었다. 이건 명백한 성추행 아닌가. 그렇다고 또 중국 최대 연합이라는 흑흑의 연합장이 어디 가서 성추행당했다고 신고할 수도 없고.

'미쳐 버리겠군.'

개중 그나마 다행이라고 할 만한 것은 유리엘이 자신에게만 뽀뽀를 해대는 것이 아니라는 거다.

쪽! 쪽! 쪽!

유리엘은 요란한 소리를 내며 땅바닥과도 뽀뽀를 해댔다. 땅바닥뿐만 아니라 맥주가 가득 담긴 컵에도 뽀뽀를 하고, 자신의 검에도 뽀뽀를 했다. 다시 말해, 상대가 로랑이라서 뽀뽀를 한 것이 아니라 그냥 눈에 보이는 모든 것에 입술을 박아대는 것이 주사인 것 같았다.

'절대악은 언제 나오는 거지?'

분위기로 보아하니 절대악도 도망친 것 같은데. '켈트의 진정한 유산'을 클리어하고 나온다면, 과연 이 유리엘에게서 벗어날 수 있을까.

'그것도 잘 모르겠어.'

좋으나 싫으나 유리엘은 상급 중에서도 상급에 속하는 NPC인 것 같다. 아무리 절대악이라도 이러한 NPC를, 상대할 수 있을까?

'절대악이 아무리 강해도…….'

그래도 플레이어는 플레이어다. 레벨의 한계가 있다. 레벨에 구애받지 않는, 그래서 성장이 어렵지만 또 한편으로는 성장의 한계가 없는 NPC들이 바로 이 정상급 NPC들이다. 시스템 보정을 받는 절대악이 불리할 수도 있다.

'그렇지만 무려 블랙 스톤 1,000개를 잡아먹은 곳이다.'

현실에서도, 올림푸스 세계관에서도 블랙 스톤은 보물이다. 그런 보물을 무려 1,000개나 필요로 했던 곳이다. 그 정도의 조건을 필요로 했다면, 보상 역시 상상을 초월할 것이다.

'보상이 뭔지는 모르겠다만…….'

뭐가 어찌 됐든 좋으니 절대악이 엄청나게 강해졌으면 좋겠다. 이 유리엘 놈을 좀 죽여줬으면 좋겠다.

그 사이 유리엘이 자리에서 벌떡 일어섰다.

"엥?"

마나로 취기를 날려 버린 유리엘은 주변을 두리번거렸다.

"뭐지?"

로랑은 자존심을 버리고서 조심스레 물었다. 혹시라도. 작은 정보라도 얻을 수 있지 않을까 해서 말이다.

"……왜 그러십니까?"

"너 방금 뭐 못 느꼈어?"

유리엘은 다시 땅바닥에 주저앉았다.

"에잉. 내가 너희 같은 허접들에게 뭘 바라겠냐?"

다시금 맥주를 벌컥벌컥 들이마셨다.

"방금 뭐가 변화가 있었던 것 같은데."

필드에 변화가 있었다. 너무 짧은 시간이어서 제대로 캐치하지 못했다. 술 때문에 그런 건 아니었다. 술을 안 마셨더라도 캐치하지 못했을 것 같다.

"음."

스킬의 느낌은 아니고, 플레이어들이 말하는 '권능'에 가까운 느낌이었다. 이 필드 근처에서 어떤 플레이어가 권능을 사용해서 무엇인가를 한 것 아닐까 싶었다.

"모르겠다. 술이나 좀 따라봐. 이쁜이."

유리엘은 검 끝으로 로랑의 엉덩이를 툭툭 쳤다. 로랑의 엉덩이를 버리는 것은 아니었음에도 불구하고 로랑은 침을 꿀꺽 삼켜야만 했다.

유리엘과 로랑은 몰랐지만 그때가 바로 Siri와 유리아가 '최후의 비기'를 사용하여 '켈트의 진정한 유산'에 진입했을 때였다.

"마족의 정수는 죽인 자가 먹을 수 있다. 그것이 룰이다."

한주혁이 카르티안에게 가까이 다가갔다. 정신을 거의 잃은 와중에도 카르티안은 계속해서 발버둥 쳤다. 흐릿해져 가는 의식을 붙잡으며 한주혁을 노려봤다.

-파천심공이 외부의 기운에 저항합니다.
-스킬. 위압을 사용합니다.

한주혁은 속으로 감탄했다.
'와. 진짜 대박이네. 내 H/P가 떨어져?'

거의 죽어가는 카르티안이지만, 그럼에도 불구하고 한주혁에게 영향을 끼칠 수 있었다. 위압을 통해 약화된 카르티안을 압박하자 카르티안의 기세가 누그러들었다.

'저 상태인데, 나를 쳐다보는 것만으로도 피해를 끼칠 수 있

다면…….'

멀쩡한 상태의 카르티안은 얼마나 강하단 말인가. 또 그런 카르티안을 제압하는 데미안은 얼마나 강한 거고.

'미쳤다. 진짜.'

달리 생각하면 이해할 수 있었다. 마족의 정수를 먹어치우며, 시간이 지나면 지날수록 더욱더 강해지는 마족이다. 물론 그 안에서의 룰도 있고 제약도 있고 한계도 있다고는 하지만 어쨌든 이론상으로는 세대를 거듭할수록 계속해서 강해지는 종족이 마족 아닌가.

한주혁은 클래스를 변경했다.

'악 속성 공격으로는 못 죽이니까.'

데미안이 거의 다 죽여놨고, 말하자면 자신은 막타만 때리면 된다.

"데미안. 세인트 홀을 사용해도 될까?"

세인트 홀은 악 속성 개체에게 치명적인 손상을 끼치는 공격이다. 데미안이 어깨를 으쓱했다.

"지금 상태의 그대가 그 어떤 방법을 쓰더라도 나는 괜찮다."

다른 이도 아니고 데미안이 자신 있게 말했다. 정말로 아무렇지도 않다는 뜻이다.

'이쯤 되니 자존심이 상하지도 않네.'

어중간하게 실력 차이가 나면 자존심이라도 상할 텐데, 아예 그 강함의 척도 자체가 다른 상대가 말을 하니 묘하게 안심까지 됐다.

　-스킬. 세인트 홀을 사용합니다.
　-스킬. 세인트 홀이 적대 세력을 확인합니다.
　-스킬. 세인트 홀이 악 속성 개체를 흡수하기 시작합니다.

　데미안이 말을 했던 대로, 데미안은 그 세인트 홀에 전혀 영
향을 받지 않았다. 카르티안 역시 원래 상태였다면 영향을 받
지 않았겠지만, 지금은 아니었다.
　카르티안의 H/P가 0에 근접했다.
　"이건…… 말…… 도…… 안…… 돼."
　한주혁이 씨익 웃었다. 카르티안에게 가까이 다가가 주먹을
사용했다. 평타였다. 그 어떤 속성도 포함되어 있지 않은.
　"말 돼."
　절대악을 플레이하면서 매일 듣던 말이다. 말도 안 된다는
말. 오늘은 스스로 생각해도 말도 안 되는 일을 해냈다.
　'마계 서열 1위를…… 내가 잡았어?'
　알림이 들려왔다.

　-불가능 공략 난이도의 '카르티안'을 사냥하는 데 성공하였습
니다.
　-있을 수 없는 일이 발생하였습니다.

그에 따라 필드 전체에 알림이 울렸다. 루펜달의 영상으로 흥분하기 시작했던 세계인들 전부가 그 알림을 들었다.

"어?"

"너도 들었냐?"

"알림창 확인해 봐야겠는데?"

센티니아. 루니아를 넘어 중국, 미국은 물론이고 유럽을 관통하면서. 모든 대륙 전체에 알림이 들렸다.

-한 명의 플레이어가 플레이어로서는 불가능한 위업을 달성하였습니다.

-올림푸스는 이 위업을 기적 혹은 이변이라 명명합니다.

플레이어가 마계 서열 1위를 사냥하는 데에 성공했다. 본래대로라면 아예 불가능한 일이다. 있을 수도 없는 일.

-종족 값을 초월한 기적으로 인정됩니다.

전 세계 플레이어들이 하던 일을 멈추고 알림에 집중했다. 모든 대륙 전체에 한꺼번에 울려대는 알림.

"도대체 뭐길래 종족 값을 초월했다는 거야?"

"무슨 드래곤이라도 잡았나?"

상상 속에만 존재하는, 지상 최강의 몬스터라고 알려진 드래곤. 드래곤 정도를 잡으면 이 정도 알림을 해주는 건가.

"루펜달의 영상 속 그 새가 설마 무슨 드래곤 같은 건 아니겠지?"

절대악마저 긴장하게 만들고, 무려 절대악 앞에서 절대악의 수하인 루펜달을 죽여 버렸던 새. 그 새가 전설의 몬스터라든가. 그런 건 아닐까 싶었다.

"어쩌면 적대악일 수도 있잖아."

절대악을 잡으려면 적대악에게도 이 정도 힘은 줘야 하는 것 아니겠는가. 올림푸스 전체에 알림이 울릴 정도의 이변을 발생시켜 주면 또 밸런스가 맞을 것 같다.

-종족 값을 초월한 영웅이 탄생하였습니다.

알림은 여기서 끝이었다. 올림푸스 세계 전체가 '종족 값을 초월한 영웅의 탄생'이라는 알림을 들었다. 그 이상 자세하게는 알 수 없었다.

맥주를 마시던 유리엘은 여전히 따분하다는 듯 무심하게 그 알림을 들었다.

"그런 게 알 게 뭐야."

그런 건 중요하지 않다. 빨리 절대악이나 나오면 좋겠다. 계속해서 기다렸다.

한주혁은 얼떨떨했다. 종족 값. 처음 듣는 얘기다.

머릿속에 저절로 정보가 입력됐다. 인간이든 몬스터든, 그 한계가 시스템적으로 정해져 있단다. 아무리 노력하더라도 넘을 수 없는, 태생적으로 가지고 있는 한계. 그 한계는 생각보다 매우 높은데, 시스템은 그것을 '종족 값'이라고 명명했다.

'내가 진짜 마계 서열 1위를 잡았어.'

마계 서열 1위를 때려잡은 인간. 물론 데미안 덕분이기는 했지만, 사실은 사실이다. 인간이 마계 서열 1위의 마족을 잡는다는 것은 종족 값을 초월하는 행위였던 것 같다.

-마족을 사살하였습니다.
-마족의 정수를 취득할 수 있습니다.
-마족의 정수는 특별한 방식으로만 채굴이 가능합니다.

그 특별한 방식은 그리 어렵지 않았다.

키에엑!

콕! 콕! 콕! 콕!

숨죽이고 있던 *꼬꼬*가 날았다. 꼬롱새에게 위축된 이후, 또다시 카르티안에게 겁먹었었던 *꼬꼬*에게 이제 더 이상의 두려움은 없었다.

-스킬. 꼬꼬의 식탐이 발현됩니다.

콕! 콕! 콕! 콕!

별다른 아이템이 드랍되지는 않았다. 딱 하나. 검은 구슬이 드랍되었는데 그 아이템의 이름이 '마족의 정수'였다.

데미안마저도 황당하다는 듯 꼬꼬를 쳐다봤다.

"마족의 정수를 저런 식으로 뽑아내다니……."

마족만이, 마족의 정수를 뽑아낼 수 있다. 그것이 상식이었다. 그게 맞는 거였다.

'하기야. 상식은 중요하지 않겠지.'

첫 경험을 지나치게 황홀하게 했다. 아이템이 이렇게 강력한 것인 줄 몰랐다. 아예 몰랐으면 몰랐으되, 이제는 안다. 그의 상식이 완벽하게 깨졌다.

"네가 뽑아낸 것이 더 완벽하구나."

마족의 정수에 그 어떤 상처도 없었다. 한주혁이 꼬꼬에게서 마족의 정수를 받아 들었다.

그사이에도, 꼬꼬는 계속해서 카르티안의 잿더미를 콕! 콕! 찔러댔다. 뭐가 하나라도 더 나오라는 듯. 쪼고, 쪼고 또 쪼았다.

한주혁은 그러한 꼬꼬에게 관심을 줄 수 없었다. '마족의 정수'에 집중했기 때문이다.

'이게⋯⋯ 마족의 정수.'

데미안이 먹지 않겠다고 선언한 마족의 정수. 마족들은 이것을 사용해서 계속 강해졌다고 했다.

'나도 이걸 먹을 수 있나?'

아이템창을 확인해 봤다.

'어?'

아이템 설명을 보고 나니 마음이 복잡해졌다.

<마족의 정수>

일정 등급 이상의 마족에게서는 특수한 힘이 형체를 이룬 정수가 발견됩니다. 마족의 모든 힘이 응축되어 있는 구체로서, 마족들은 이 구체를 섭취하여 더욱 강력한 힘을 발휘합니다. 단, 마족만이 마족의 정수를 섭취할 수 있으며 마족의 몸에서 벗어난 마족의 정수는 30일 이내에 모든 힘을 잃고 소멸합니다.

+상세설명

상세설명을 아직 열어보지는 않았는데, 마족만이 마족의 정수를 섭취할 수 있다고 했다.

'나는 못 먹나?'

그런데 그때.

키에엑!

괴성을 내지르던 *꼬꼬*가 무엇인가를 또 *끄*집어냈다.

탐욕에 가득 찬 상태의 *꼬꼬*가 그것을 집어삼키려는 그 순간.

'아이템 콜렉팅!'

3층성이 스킬을 사용하여 아이템을 인벤토리로 전송시켰다.

딱!

*꼬꼬*의 부리가 꽉 닫히면서 요란한 소리가 났다. 어찌나 세게 깨물었는지 부리가 바르르 떨렸다. 좀 더 힘을 줬으면 부서졌을 것만 같은 떨림이었다.

'아이템 전송.'

아이템을 바로 한주혁에게 전송했다. 루펜달에게 배웠다. 아이템 콜렉터로서의 자세를. 뭔가 엄청 좋은 것을 바라면 안 된다. 자신 같은 소시민에게는 너무 과분하다. 그냥 떨어지는 콩고물만 주워 먹으면 된다. 그 콩고물만 주워 먹어도 재벌처럼 살 수 있다.

'그게 뭐였을까?'

뭔지도 모르고 일단 전송부터 하고 봤다. 카르티안의 몸에서 튀어나온 아이템은 두 개였다. 두 개 다 확인 안 했다. 최상급 마족이라는 카르티안의 몸에서 나온 것이니, 일단 굉장한 것이라고 생각했다.

-'성족의 증표'가 인벤토리에 전송되었습니다.

-'카르티안의 심장'이 인벤토리에 전송되었습니다.

한주혁은 지체 없이 '성족의 증표'가 무엇인지 살폈다.

<성족의 증표>

최상급 성족 라리엘이 카르티안에게 선물한 협약의 증표.

+상세설명 활성화를 위하여 신성 계열의 위대한 호칭이 필요.

카르티안이 성족과 손을 잡았다더니 그 말이 사실인 것 같았다. 던전 안에서도 히든 피스를 찾아내는 꼬꼬 덕택에 '성족의 증표'라는 아이템까지 얻을 수 있었다.

'신성 계열의 위대한 호칭이라.'

세인트 가드 같은, 그런 호칭이 필요한 것 같다. 카르티안을 사냥한 뒤 절대악으로 되돌렸었는데 또다시 적대악으로 변환해야 확인할 수 있을 것 같다.

'그리고……'

적대악으로 변환하지 않은 채, 또 다른 아이템도 살펴봤다.

'카르티안의 심장?'

꼬꼬 덕분에 깨달았다. 카르티안이라는 강대한 적 앞에서 중요한 것을 잊고 있었다.

'아. 맞다. 이것도 퀘스트였지.'

정작 퀘스트를 내주었던 당사자인 데미안도 잊고 있었던 것 같다.

"데미안. 이거."

심장 모양의 아이템을 데미안에게 건네줬다. 데미안이 그것을 받아 들었다. 데미안도 그제야 생각난 것 같았다.

"내가…… 퀘스트를 줬었군."

알림이 들려왔다.

-퀘스트. '데미안의 강력한 염원'을 클리어하였습니다.

카르티안을 이곳에서 잡게 될 줄은 몰랐지만 한주혁에게는 중요 퀘스트가 하나 있었다. '데미안의 강력한 염원'이라는 이름의. 퀘스트의 목표는 간단했었다.

퀘스트 목표: 마계 서열 1위 카르티안의 심장 획득.

데미안이 잠시 눈을 감았다.

"적절한 보상을 생각해 보도록 하겠다. 아마, 그대에게 큰 도움이 될 거라 믿어 의심치 않는다."

너무나 당연히 카르티안을 잡았다는 것에만 심취해서 카르티안의 심장을 얻을 생각을 하지 않았다. 한주혁 입장에서는 운이 좋았다. 꼬꼬의 식탐 덕분에 좋은 아이템 하나를 얻은 셈이니까.

"꼬꼬. 잘했어. 나가면 맛있는 거 줄게."

키엑! 키엑!

3층성을 찢어 죽일 것만 같은 눈빛으로 쏘아보던 꼬꼬가 날개를 활짝 폈다. 주인님의 칭찬에 기분이 굉장히 좋아진 듯했다.

키엑!

나는 착한 꼬꼬다.

키엑!

착한 꼬꼬는 맛있는 것을 먹는다.

맛있는 것을 준다는 주인의 말에 잔뜩 흥분했던 꼬꼬는 이내 움찔했다. 이상한 목소리가 들려왔기 때문이다.

"인형술사의 모든 힘과 생명을 다하여 네게 새로운 임무를 부여한다."

카르티안의 잿더미가 변하기 시작했다. 한주혁도 그 목소리를 들었다.

'어떻게 이동했지?'

비공개 필드는 아니다. 하지만 들어오려면 블랙 스톤 1,000개가 필요하다.

'블랙 스톤 1,000개 조건을 만족해서 들어온 건 아냐.'

그랬다면 '켈트의 진정한 유산' 필드에 남아 있었을 거다. 특수지역 라이나로 옮겨 오지도 못했을 터.

'애초에 성좌가 블랙 스톤 1,000개를 얻을 수도 없겠지.'

절대 그럴 리는 없다. 이쪽으로 한 번에 워프를 한 것 같다.

한주혁이 씨익 웃었다.

"오랜만이네."

"닥쳐."

Siri는, 꼬꼬가 3층성을 노려볼 때보다 더욱 살기등등한 눈
빛으로 한주혁을 노려보았다.

"옆에는…… 생긴 게 유리아 닮았네?"

예전. 승마공주로 이름 높았던 유리아다. 그런데 알림이 들
려왔다.

-새로운 성좌를 발견하였습니다.

-6번 성좌. '절망 속의 별'을 발견하였습니다.

-특수지역 라이나의 필드 효과로 인하여 새로이 발견한 성좌
의 모든 능력치를 파악합니다.

한주혁은 헛웃음을 지었다.

'에게?'

겨우 레벨이 20에 불과했다. 한주혁처럼 애초에 레벨 99를
달성한 이후 약해진 게 아닌 것 같았다.

'스탯도 평균 이하잖아?'

한주혁은 황당했다.

'여기에 쳐들어왔어?'

이곳에는 데미안이 있다. 그 강력했던 카르티안마저도 죽일

수 있는, 무력만 놓고 보면 현 세계 최강자라 할 수 있는 데미안이 버티고 있는데 이곳을 찾아왔다니.

'음.'

한주혁은 잠시 생각에 빠졌다.

'이 타이밍에 아주 좋게 성좌가 나타났네?'

한주혁은 요즘 성좌가 반갑다. 성좌가 노린 것은 아니겠지만, 나타날 때마다 뭔가 좋은 일들이 생긴다. 필요한 것들을 턱턱 내놓는, 좋은 친구들이다.

"솔직히 말해봐."

카르티안의 잿더미가 일어나서 형태를 갖추기 시작했다. 살아생전의 마족, 카르티안과 그 모습이 매우 유사했지만 눈동자에는 초점이 없었다.

"너희 츤데레지?"

한주혁은 카르티안에게 그다지 신경을 쓰지 않았다. 데미안역시 마찬가지였다.

'저거 믿고 어떻게 온 것 같은데…….'

돌이켜보면 Siri는 늘 당당했다. 아니, 성좌들이 전부 당당했다. 뭔가 엄청난 것을 준비해 왔다거나, 절대악을 처부술 완벽한 준비를 해왔었다. 물론, 성좌들 입장에서만 완벽한 준비이기는 했지만.

유리아가 이를 바드득 갈며 말했다.

"나를 용케도 알아봤네."

"너처럼 생긴 애는 흔치 않거든."

한주혁은 여전히 여유로웠다.

부모의 돈도 능력이라며, 너희 서민들은 개돼지에 불과하다고 말하던 과거의 유리아가 떠올랐다. 바꿔 말하자면, 저 유리아는 부모의 능력을 빼면 아무것도 없다는 소리다.

애초에 성좌들이 대부분 그랬다. 그러한 성좌 앞에서 긴장할 필요는 없지 않은가.

유리아가 말을 이었다.

"개소리를 하는 것도 여기까지야. 이곳에서 너는 죽을 테니까."

이곳에서의 능력을 빼앗고 나면.

"현실에서도 곧 죽여줄게."

"오?"

한주혁이 눈을 크게 떴다. 과분히 과장된 태도로. 저래 봐야 무섭지도 않다.

그때, 한세아가 귓말을 보냈다.

-오빠. 그래도 조금은 조심하는 게 좋을 것 같아. 심상치가 않아.

-왜?

-성좌 알림인데……. Siri가 최후의 비기를 사용한다고 했어.

-최후의 비기?

-최소 성좌 두 명의 모든 생명을 걸어서 사용한다나 봐. 최후의 비기가 사용되면서 성좌 퀘스트가 발동되었는데…… 퀘

스트 이름이 최후의 결전이야.

한주혁은 저 말이 무슨 뜻인지 이해했다.

'모든 생명을 걸어?'

Siri의 경우는 자신에게 두 번 사살당했다. 새로운 클래스로 모습을 드러낸 유리아는 방금 처음 발견했다. 그래서 전투 결과 창에는 이렇게 표기가 되어 있었다.

<전투 결과>

　1. 1번 성좌 루펜달

　2. -

　3. -

　4. 4번 성좌 Siri (2/3)

　5. -

　6. 6번 성좌 유리아 (0/3)

　7. 7번 성좌 루나 (1/3)

루펜달 옆에는 여전히 사살 횟수가 표시되지 않았고, 새로이 나타난 6번 성좌 유리아의 사살 횟수만 0으로 명시되어 있었다.

'성좌가 가진 최후의 비기라.'

한주혁이 말했다.

"그래 봤자 Siri랑 유리아잖아?"

성좌들에게 게임 센스가 없는 것은 진작 알아봤다. 클래스 빨로 밀어붙이기에는, 자신이 너무 강력해졌다.

Siri가 눈을 감았다. 인형술에 집중하는 것처럼 보였다. 그에 따라 카르티안의 몸이 움직이기 시작했다.

"글쎄. 카르티안을 믿는 거 같기는 한데."

아마 인형술사에게도 특별한 힘이 있기는 할 거다. 살아생전의 힘보다 더 강력한 힘을 쓸 수 있다거나, 등급을 올려준다거나. 어떤 식으로든 더 세지기는 했을 텐데.

"되게 의미 없다. 그렇지, 데미안?"

데미안이 고개를 가볍게 끄덕였다.

"정수를 잃은 마족은 껍데기만 마족일 뿐."

데미안은 천천히 걸어 카르티안 앞에 섰다. Siri가 의기양양해서 외쳤다.

"너도 적이로구나?"

그래서 없애 버리기로 했다. 자신이 방금 인형술로 되살려낸, 등급 자체를 측정할 수 없는 초월자 영역의 인형을 사용해서 말이다.

"카르티안의 힘을 한번 느껴보거라."

"⋯⋯."

Siri는 자신 있었다. 성좌의 생명을 모두 걸고, 유리아의 성좌로서의 남은 생명까지 모두 걸었다. 이 정도를 걸었으니 분명 엄청난 힘을 발휘할 것이 틀림없었다.

한주혁이 물었다.

"……그 힘……. 언제 느껴?"

카르티안의 몸이 갈가리 찢겨져 나갔다. 더 정확히 말하자면 찢겨진 채로 부서졌다. 피 같은 건 나지 않았다. 인형이니까. 헝겊 인형이 찢어지듯 찢어졌다.

데미안이 손톱을 핥았다.

"재미있는 인간이군."

카르티안을 되살려서 뭘 어떻게 하려는가 싶었는데 그냥 껍데기만 되살려 냈다.

그래도 카르티안은 카르티안이다. 비록 인형으로 변했다고는 해도.

"일반적인 인간보다는 훨씬 강한 것 같기는 하다만."

그렇기는 한데 상급 마족에도 못 미치는 힘을 가지고 있다. 마족의 정수마저도 빼앗긴 상태의 잿더미였다. 그런 잿더미를 되살려서 뭘 하겠는가.

"어, 엄마! 뭐가 어떻게 된 거야!"

"이, 이럴 리가 없는데?"

한주혁은 한숨을 내쉬었다.

"너희는 어쩜 이렇게 발전이 없냐?"

하다못해 당황한 것을 숨기기라도 하든지. 그도 아니면 귓말로 대화를 나누든지. 하여튼 상식 이하의 플레이 센스를 가지고서, 저 정도의 명성을 얻었다는 것이 불가사의할 정도였다.

"더 말 섞기도 싫다. 그냥 죽자."

Siri가 필사적으로 카르티안을 일으켰다. 일으켰는데 두 동 강이 났다. 데미안이 카르티안이 일어나는 꼴을 용납하지 않 았다.

"계약 상위주체여. 적들이라면 내가 죽이겠다."

"아냐."

그럴 수는 없다.

"쟤네 지금 도박하러 왔거든."

말 그대로 '모 아니면 도'라는 생각으로 온 것 같다. 심지어 생명까지 걸었다.

"나 마침. 아주 운이 좋을 것 같다는 생각이 들어서 말이야."

성좌를 세 번 사살한 것에 대한 보상. 그 보상이 또 어마어 마한 보상들이 주어진다. 이번에는 그 보상을 한꺼번에 몰아 받을 수 있을 것 같다.

"도박. 받아줘야지."

"우, 웃기는 소리 하지 마라!"

Siri는 이 상황을 믿을 수 없었다. 아니, 믿지 않았다. 생명을 모두 걸어 이곳까지 왔는데. 어떻게 이럴 수가 있단 말인가. 시 스템 설명에 그렇게 거창하게 소개되어 있던 '초월급 인형'은 그 어떤 힘도 발휘하지 못했다.

'이건 말도 안 돼!'

한주혁이 씨익 웃었다.

"지금 말도 안 된다고 생각했지?"

다들 그런다. 다들 말도 안 된다고 그런다. 하지만 말이 된다.

"굿바이."

-스킬. 아수라극천무를 사용합니다.

성좌 두 명이 스킬 한번을 버티지 못하고 그 자리에서 사망했다. Siri와 유리아는 곱게 죽지 못했다.

콕! 콕! 콕! 콕!

먹을 것을 내놓아라!

꼬꼬의 부리가 둘의 잿더미를 마구잡이로 쪼아댔다. 잿더미에서 하나둘씩 아이템이 끄집어져 나왔다. 꽤 고가의 아이템들이었지만 한주혁의 눈길을 사로잡는 아이템은 없었다.

"계약 상위주체여. 나의 퀘스트를 클리어해 준 것에 대한 보상을 하려 한다."

데미안의 말이 이어짐과 동시에 한주혁에게 폭풍 같은 알림이 터져 나오기 시작했다. 마치 올림푸스가 이 순간을 기다리고 있었다는 것처럼 말이다.

수많은 알림들이 한꺼번에 물밀듯이 밀려들었다.

-6번 성좌를 세 번 사살하는 데에 성공하였습니다.

-4번 성좌를 세 번 사살하는 데에 성공하였습니다.

-퀘스트. '데미안의 강력한 염원'을 클리어하였습니다.

-불가능한 업적을 칭송하며 시스템은 업적에 대해 합당한 보상을 하기 원합니다.

-특수지역 라이나를 벗어납니다.

-'켈트의 진정한 유산'의 지배자가 사라졌습니다.

커다란 흐름의 알림이 밀려든 뒤, 상세설명이 이어지는 형식으로 진행됐다. 가장 먼저 집중된 알림은 성좌 사살 알림이었다.

-전투 결과창이 업데이트됩니다.

4번 성좌인 Siri와 6번 성좌인 유리아를 세 번 없애는 데 성공했다. 한주혁이 잘했다기보다는, 성좌들이 퍼줬다. 한주혁의 표현을 빌리자면 다분히 츤데레다웠다.

한세아도 그걸 느꼈다.

"성좌들은 사실 좋은 친구들일 수도 있어."

모르긴 몰라도 오빠한테 퍼주는 걸 좋아하는 것 같다. 귀족이면 귀족답게가 모토인 유리아 아닌가. 귀족답게. 가진 것을 나누고 자신을 희생하는 고귀한 태도를 높이 살 만했다.

하마터면 3층성도 그 말에 동의할 뻔했다. 뭔가 멋지게 등장을 하기는 했는데 아무것도 못 했다. 정말 의미 없이 갔다. 잿더미들이 늘 하는 말인, '이건 말도 안 돼'를 연신 중얼거리면서 말이다.

한세아가 말했다.

"말도 안 된다는 말 너무 많이 들어서 식상한 것 같아. 그치, 마리안?"

"응. 그런 것 같아."

천세송도 기분이 좋아졌다. 뭔지 정확하게는 모르겠지만, 오빠의 표정을 보아하니 굉장히 좋은 것이 주어지고 있는 것 같다.

'아직 켈트의 진정한 유산이 완전히 클리어됐다는 알림이 없었는데……'

클리어 알림을 듣지도 않았는데 오빠의 표정이 저렇게 좋다는 것은 분명 성좌가 무엇인가를 퍼준 것이 틀림없었다. 이쯤 되니 성좌가 같은 편이 아닌가 싶을 정도다.

-4번 성좌와 6번 성좌를 같은 필드, 유효 시간 내 같은 시각에 사살하였습니다.

-보상이 합산되어 부여됩니다.

성좌 사살 보상이 주어졌다.

-'갈틴의 반지'가 주어집니다.

이름에서부터 느낌이 왔다.

'세계 12대 초인의 아이템!'

보통 이런 경우는 12대 초인의 아이템 아니겠는가. 그것도 신급 아이템 말이다.

'두 명의 성좌를 한꺼번에 죽이면 더 메리트가 있는 것 같은데.'

갈틴의 반지 하나를 줬다. 그만큼 값어치가 있는 반지임이 틀림없었다.

<갈틴의 반지>

세계 12대 초인 중 한 명인 갈틴이 사용했던 반지입니다. 성마전쟁 당시, 성족의 승리를 이끄는데 가장 커다란 공을 세웠던 인간인 갈틴은 고대의 보물인 이 반지를 사용하여 수많은 마족들의 마기를 봉인시켰습니다.

등급: 신

내구도: 무한

+상세설명

마기를 봉인시키는 반지란다. 무려 신급 등급의 아이템.

'인간이 최상급 마족을 이기는 건 불가능해.'

그걸 이번에 알게 됐다. 시스템이 직접 친절하게, 전 대륙에 공표를 해주지 않았는가. 불가능한 일을 이루어냈다고.

'아무 이유 없이 그 알림을 주지는 않았겠지.'

말해주는 거다. 설정상 존재하고 있는 그 '성마 전쟁'에서 그 역할을 했다고 알려져 있는 세계 12대 초인들. 그들마저도 인간의 태생적 한계를 딛고서 성마전쟁에서 큰 영향을 끼칠 수 없었을 거다.

'이 세계 12대 초인의 아이템들과 성족의 도움이 있었기에.'

자신이 데미안의 도움을 얻어서 그랬듯, 그들도 그랬던 거다. 덕분에 설정상 영웅으로 군림할 수 있게 된 거고.

한주혁이 천세송을 바라보면서 씨익 웃었다.

"간만에 엄청 좋은 거 하나 나온 것 같은데."

"정말?"

천세송도 덩달아 기분이 좋아졌다. 뭔지는 몰라도 오빠가 좋아하면 좋은 것 아니겠는가. 한주혁이 웃고 있는 걸 보니 행복해졌다.

'신기해.'

피 한 방울 섞이지 않은 다른 사람이 조금 웃었다고 해서, 자신이 왜 이렇게 행복한 건지 모르겠다.

한주혁은 상세설명을 살펴보지 못했다. 알림이 계속해서 이어졌기 때문이다.

-'데미안의 강력한 염원' 클리어 보상이 주어집니다.

데미안이 한주혁 앞에 섰다. 데미안의 몸에서 검은색 마기가 스멀스멀 피어올랐다.

"계약 상위주체여. 나는 그대가 마족의 정수를 섭취하기를 원한다."

"마족의 정수를?"

마족만 먹을 수 있다고 알려져 있던데.

'여차하면 케르핀의 낙서장을 사용하려고 했는데.'

그런데 또 걸리는 게 있다. 만약 이 '마족만이 섭취 가능'이라는 설정의 등급이 '케르핀의 낙서장'의 등급보다 높다면, 케르핀의 낙서장을 그냥 버리게 되는 걸 수도 있다.

'대륙 전역에 불가능했던 업적이라고 공표했을 정도면······.'

그 정도 업적을 이루고, 그 이후에 히든 피스를 찾아내는 꼬꼬의 식탐까지 발현시켜서 얻은 정수다. 그 정수에 걸려 있는 설정이 과연 케르핀의 낙서장보다 등급이 낮을 수 있을까?

'써봐야 알 것 같기는 한데.'

만약 다른 방법이 있다면 그 방법을 먼저 사용해야 하는 것 아니겠는가.

"방법이 있다. 그대가 가진 마족의 뿔과 내가 앞으로 줄 마족의 정수를 반응시켜 녹여내면······ 일시적으로나마 그대를 마족의 상태로 전환할 수 있다. 단, 마족의 뿔은 사라질 것이다."

한주혁은 순간 멈칫했다.

'이미 가지고 있는 마족의 정수가 아니라······ 앞으로 줄 마족의 정수?'

그 얘기는 설마⋯⋯.

"데미안. 네 정수를 내게 준다는 뜻인가?"

"나는 이제 모든 것을 이루었다. 그러나 마족으로서의 자긍심도 버렸다. 그러니 이제는 나도 이 세상에서 사라지는 것이 옳다."

한주혁은 소리칠 뻔했다.

'안 돼!'

하지만 소리치지는 않았다. 데미안이 어떤 전력인가. 한주혁이 가지고 있는 그 어떤 전력보다도 강력한 전력이며 든든한 우군이다.

'절대 안 돼.'

절대 못 보낸다. 이건 진심이었다. 이렇게 말 잘 듣고 강력한 부하를 또 어디 가서 얻는단 말인가. 에르페스와 모르골이 연합했을지도 모른다는, 어쩌면 그 둘이 한 패일 수도 있다는 다소 절망적인 정보를 접했을 때 한주혁이 절망하지 않았던 건 최후의 패인 데미안이 있기 때문 아니었던가.

"피의 맹세를 이룬 계약 상위주체로서 결코, 절대로 그것을 허락하지 않겠다."

"⋯⋯."

"카르티안에 의해 더럽혀지고 어지러워진 마계를 되살려야 한다는 생각은 하지 않나?"

"⋯⋯."

일단 아무 말이나 내뱉었다.

"지금의 마계는 성족의 더러운 손길이 녹아들어 있다. 성족에게 짓밟히는, 그 역사를 또다시 반복할 셈인 것인가?"

데미안이 진지한 표정으로 말했다.

"농담이다."

"……."

한주혁은 하마터면 데미안을 향해 심검을 사용할 뻔했다.

"친한 사이의 인간들은 이런 농담을 즐기던데."

"……한 대 쳐도 되냐?"

데미안이 농담이라니.

"첫 경험은 나를 많이 변화시켰다. 인간들에게도 배울 점이 많이 있더군."

아이템을 사용한 경험이 데미안을 변화시켰단다.

'앞으로 좋은 쪽으로 계속 변화해야 할 텐데.'

한주혁의 속마음을 아는지 모르는지 데미안이 말을 이었다.

"복구가 가능할 정도의 일부. 적은 양의 마족의 정수를 그대에게 주겠다."

데미안의 몸에서 피어오르던 마기가 구슬의 형태를 이루었다. 아주 작은, 콩알만 한 구슬이 됐다. 한주혁이 그것을 받아 들었다.

-마족의 정수의 조각을 획득하였습니다.

-플레이어의 인벤토리에 마족의 뿔이 존재합니다.

-마족의 뿔과 마족의 정수의 본래 주인이 일치합니다.

-마족의 뿔과 마족의 정수를 융합할 수 있습니다.

성좌 사살 보상. 데미안 퀘스트 보상. 알림은 거기서 끝이 아니었다.

-불가능한 업적을 칭송하며 시스템은 업적에 대해 합당한 보상을 하기 원합니다.

시스템 자체적으로, 그러니까 올림푸스 세계 자체가 주는 보상이 따로 존재했다. 사실상 말도 안 되는 등급의 초월자를 사살했으니까. 그에 대한 보상이 주어지는 듯했다.

-업적을 이루어낸 필드의 필드 보상의 등급을 최대 등급까지 확장합니다.

-필드 보상의 등급이 '최상위 명령'급으로 상향 조정됩니다.

한주혁의 목덜미에 소름이 돋았다.

'이거…… 뭐냐?'

제우스의 계산인가. 아니면 타고난 행운인가. 그도 아니면 이런 말도 안 되는 보상마저도 재능인가. 뭐가 어찌 됐든 좋았다.

천세송도 침을 꿀꺽 삼켰다.

"여기 특수지역 라이나고…… 원래 '켈트의 진정한 유산'이라는 곳을 통해서 들어왔잖아."

그것도 블랙 스톤 1,000개를 사용해서 말이다.

'오빠가 진짜 중요한 던전이라고 했었는데.'

기대감에 몸이 바르르 떨렸다. 오빠에게 얼마만큼 좋은 것이 주어질지. 너무나 기대됐다.

'오빠한테 엄청 도움이 되는 거면 좋겠다.'

그 도움이 되는 아이템의 등급이 '최상위 명령'급까지 올라간다고 했다. 한주혁과 천세송이 알고 있는, 올림푸스 세계 내에서 가장 높은 등급이다.

-특수지역 라이나를 벗어납니다.
-'켈트의 진정한 유산'의 지배자가 사라졌습니다.
-'켈트의 진정한 유산'의 클리어로 인정됩니다.

이것이 원래의 클리어인지는 한주혁도 알 수 없다. 켈트의 진정한 유산에서 꼬룽새(켈트)와 카르티안을 죽이는 것이 올바른 클리어인지는 그도 알 수 없는 노릇이니까.

'어디로 가든 서울만 가면 되지.'

클리어만 하면 되는 것 아니겠는가. 중간에 성좌도 잡고. 참 좋은 것 같다.

-'켈트의 진정한 유산'이 주어집니다.
-'초월의 비약'이 주어집니다.

한주혁은 비슷한 이름의 아이템을 전에 얻은 적이 있다.
'도약의 비약과 이름이 비슷해.'
그런데 초월의 비약이다. 그런데 이 초월의 비약 자체가, 또다시 '업적 보상'에 의해 등급 향상이 이루어졌다.

-초월의 비약에 '위대한 업적'의 보상이 부여됩니다.
-초월의 비약이 '종족 값 초월의 비약'으로 상향 조정됩니다.

어지간한 보상에는 그다지 놀라지 않는 한주혁조차도 입을 쩍 벌렸다.
'일반 초월의 비약은……'
일반 초월의 비약도 대단한 건 맞다. 일반적인, 인간이 가질 수 있는 힘을 초월하여 강력한 힘을 가질 수 있으니까. 그런데 '종족 값 초월의 비약'은 그 초월한 힘보다 더 강력한 힘을 갖는다.
이를테면 인간이 가질 수 있는 종족 값의 최댓값이 10이라 가정하고 인간과 유사한 어떤 종족 값이 20이라 가정하면.
'초월의 비약을 통해 20까지 종족 값을 늘리고 강해질 수 있어.'

그런데 이제는 그게 20이 아니라 30. 그 이상이 될 수 있는 거다. 예를 들자면 마족 같이 강력한 전투 종족 이상의 종족값을 가질 수 있게 되는 비약.

'제우스가 작정을 한 건가.'

제우스가 이쪽을 몰아주기로 작정을 한 건지. 아니면 자신이 너무나 훌륭하게 클리어를 진행하고 있는 건지. 하여튼 좋다.

-마족의 뿔과 마족의 정수가 자동으로 반응합니다.
-마족의 뿔과 마족의 정수가 융합되기 시작합니다.
-마족의 뿔과 마족의 정수가 융합된 '마족의 비약'을 섭취하십시오.

유효 시간은 겨우 30초. 30초 내에 섭취하지 않으면 '마족의 비약'이 사라진단다.

'마족의 비약을 마시면.'

그러면 일시적으로 마족이 될 수 있다. 일시적으로 마족이 되면.

'카르티안의 정수를 먹을 수 있고.'

거기에 더해 종족 값 초월의 비약을 사용해서, 그 카르티안의 힘을 몸속에 받아들일 수만 있다면.

한주혁의 목덜미에 다시 한번 소름이 돋았다.

'이거다.'

이걸 위해서 여기까지 달려왔던 것 같다. 모든 보상들이 서로 시너지 효과를 일으키며 최대의 효과를 일궈내고 있다.

한주혁은 지체하지 않고 마족의 비약을 사용했다.

-'마족의 비약'을 사용합니다.
-일시적으로 종족이 변화합니다.

원래 한주혁의 종족은 인간이다. 그런데 그것이 '마족의 비약'을 통하여 '마족'으로 변화했다.

'그냥 종족만 바뀌는 거구나.'

이 마족의 비약이 만능은 아닌 것 같다. 말 그대로 종족이 바뀌기는 한다. 그러나 완벽하게 그 종족이 될 수는 없는 것 같다. 전해지는 정보가 그랬다.

'여기에…… 종족 값 초월의 비약을 사용하면.'

-종족 값 초월의 비약을 사용합니다.
-종족 값 초월의 비약 사용으로 인하여 종족 값이 대폭 향상됩니다.
-종족 값의 한계가 마족으로 상향 조정됩니다.

이제는 무늬만 마족이 아니라, 종족 값까지도 변한 마족으로 변했다. 여기에 더해.

-종족 값의 절대치가 MAX로 설정됩니다.

한주혁도 여러 번 들어본 수치다. 이 'MAX'라는 수치는 해당 수치가 극에 달했다는 의미.

'마족 중에서도 MAX?'

그렇다는 말은 마족의 최강자라 할 수 있는 데미안이나 카르티안에 근접했거나 혹은 그 이상이라는 얘기 아니겠는가.

마족이 강해질 수 있는 한계의 한계. 그게 바로 MAX다. 성장만 제대로 한다면, 마족 중에서 가장 강해질 수 있는 종족 값을 갖게 됐다.

'여기에다가……'

종족 값의 한계치를 확장시켜 놓았으니 이제는 그 종족 값을 채울 차례다.

-카르티안의 정수를 섭취하시겠습니까?

마족의 최강자 중 한 명이었던 카르티안의 정수를 섭취했다.

-카르티안의 정수를 섭취하였습니다.
-카르티안의 정수가 심장에 스며들기 시작합니다.

한주혁은 순간 자신의 내장이 몸 밖으로 튀어 나가는 것 같은 충격을 느껴야만 했다.

"컥……!"

강대한 힘이 물밀듯이 쏟아져 들어오는 것 같은 기분이 들었다. 옆에서 지켜보던 데미안이 힘을 주어 말했다.

"계약 상위주체여. 정신 집중하여 마기의 흐름을 놓치지 말아야 한다. 마족의 힘은 심장에서 시작하여 320개의 길을 따라 전신으로 퍼지기 시작한다. 320개의 길은 곧 640개로. 640개의 길은 1,280개로 나뉘어지며 전신을 아우르는 힘을 가진다."

한주혁은 데미안의 말이 무슨 뜻인지 이해할 수 있었다.

'눈에는 보이지 않지만.'

파천심공에 의해 느껴졌다. 심장으로부터 뻗어 나오는 320갈래의 마기를.

"누가 가르쳐 주지 않아도 320개의 길을 찾아낼 수 있을 것이다."

그 말은 사실이었다. 저절로 알 수 있었다.

"그 길에 같은 양의 마력을 균등하게 분배하여 온몸 구석구석에 마기를 스며들게 하는 것이 중요하다."

"……."

한주혁은 눈을 감고 파천심공에 집중했다.

'320갈래의 길.'

한주혁의 높아진 지능은 그를 거의 무아지경에 가깝게 만들었다. 외부의 그 어떤 소리도 들리지 않았고 아무것도 보이지 않았다. 눈은 보이지 않았다. 머릿속에 이미지를 떠올렸다. 검은색으로 물든 상태. 힘차게 박동하는 심장의 이미지를 떠올렸다. 그 이미지는 굉장히 상세했다.

'심검에 의해 입었던 상처가…….'

마기에 의해 치료되고 있다. 심장이 재생되고 있는 느낌이다.

'그리고 그것들이 갈라져 640개의 길로 이어지고.'

그것은 또다시 1,280개의 길로. 또다시 2,560개의 길로.

천세송도 한주혁에게서 눈을 떼지 못했다.

'오빠가 또 아파하지는 않겠지?'

만약 또 아파한다면 정말 괴로울 것 같다.

'이마에서 땀이 솟아나고 있어.'

이마뿐만 아니라 온몸에서 땀이 나고 있다. 그냥 땀이 아니었다. 구정물 같은 것이 새어 나왔다.

데미안이 말했다.

"인간들이 말하는 신체 재구성을 이미 이룩했군."

덕분에 체내의 노폐물이 적은 것 같다고 말했다.

'그럼 저게 오빠 몸속의 노폐물?'

마기의 흐름과 유기적인 신체 운용을 막는, 몸속에 쌓여 있는 노폐물들이 배출되는 과정을 거쳤다. 한주혁의 모공 하나하나에서 검은색 기운이 피어오르기 시작했다.

데미안이 흡족한 듯 말했다.

"과연 내 계약 상위주체답다. 지나치게 강한 마족의 정수를 섭취하면 발작하여 죽는 경우도 많은데. 위험한 고비는 전부 넘겼다."

하마터면 천세송은 빼액 소리칠 뻔했다.

'그런 위험한 건 미리미리 알려줘야지.'

하지만 괜히 소리를 냈다가는 오빠의 집중이 깨질 것 같아 가만히 있었다. 데미안이 계속해서 말을 이었다.

"몸에서 새어 나오는 그 마기를 잘 갈무리하여, 이번에는 심장에 압축시켜야 한다. 이 자리에 내가 있으면 그 마기를 먹어 치울 것 같다."

실제로 마기 중 일부가 데미안의 피부에 흡수되었다.

"나는 이곳에서 사라지는 것이 그대에게 도움이 될 것 같다. 마족의 뿔은 없으나 그대에게는 권능의 귓말이 있으니. 내가 필요할 때에는 권능의 귓말로 나를 호출하라. 나는 언제나 계약 상위주체의 명령을 따름이니."

데미안은 그 말만 남긴 채 워프를 통해 사라졌다. 데미안에게 향하던 마기들이 다시 한주혁의 몸으로 향했다.

'이 마기들을…… 심장 쪽으로.'

심장에 압축해서 심어 넣는 과정.

'이걸 통해서 마기가 계속해서 생성되도록 하는 거구나.'

심장이 마기를 계속해서 생성한다. 그러한 심장을 만들기 위한 밑 작업에 들어가고 있는 중이다.

누가 가르쳐 주지 않아도, 한주혁은 저절로 그걸 알 수 있었다. 누가 가르쳐 주지 않아도, 신생아들이 울기 시작하는 것처럼. 마족이 된 한주혁은 저절로 그 모든 것들을 알 수 있었다.

한주혁이 눈을 떴다.

'아······.'

뭐랄까. 세상이 많이 바뀐 것 같은 느낌이 들었다.

'새로운 것들이 보인다.'

이곳, '켈트의 진정한 유산'의 출구가 어딘지도 보인다. 눈으로 보이는 게 아니다. 마치 피부로 모든 것을 보고 있는 것 같은 그런 느낌이 들었다.

'내가 생각한 것들의 정답을······ 주변의 모든 것들이 말해 주는 것 같은 느낌인데.'

말로는 표현하기 어려웠다. 호기심이 도진 한세아가 그새를 못 참고 물었다.

"오빠. 왜 그래?"

이번에는 한세아에게도 친절히 대답해 줬다.

"뭔가 많이 달라진 느낌이야."

"뭐가?"

"이렇게 말하면 좀 이상한데······ 본질이 보인다고 해야 되나?"

"본질이 보여?"

한세아는 그게 무슨 말인지 이해하지 못했다. 뜬금없이 본질이 보인다니.

"가령 던전을 클리어한다고 쳤을 때."

원래대로면 공략법을 찾아야 하고, 팬더를 동원하고, 또 그에 맞는 아이템이나 조건들을 만족시켜야 한다. 그걸 알아내려 열심히 애를 써야 한다.

"그냥 자연스럽게 그걸 어떻게 클리어하는지 알 수 있는 것 같아."

"엥?"

"내가 지금 얼마만큼의 힘으로, 어디를 공격해야 너를 쉽게 죽일 수 있는지도 알겠고."

그 말에 한세아는 한 걸음 뒤로 물러섰다.

"알지? 나 오빠 동생이야. 나 오빠 되게 사랑한다?"

"그래서 죽이려고."

동생한테 사랑한다는 말. 별로 듣고 싶지 않다. 그래도 일단은 살려줬다.

한주혁이 손가락을 들어 올렸다. 그 손가락에서 검은색 구체가 피어올랐다. 구체가 된 그것은 잠시 소용돌이치는가 싶더니, 일직선을 그리며 쏘아져 나갔다.

"여길 이 정도의 마기로 치면 문이 열려. 라이나로 가는 문이."

어떻게 이게 가능한 건지는 모르겠다. 공중에는 둥그런 형태로 공간이 열려 있었고, 그 공간 바깥으로는 라이나의 오두막이 보였다. 한주혁이 20년 동안 감금당해 있었던 그곳 말이다.

"그리고."

한주혁이 조금 더 세게 마기를 쏘아냈다. 그와 동시에 오두막이 가루가 되어 사라졌다.

"……오빠……?"

한세아를 비롯한 일행들도 그 광경을 똑똑히 지켜봤다.

"지금 뭐 한 거야?"

"부쉈어."

"뭘로?"

오빠가 스킬도 쓰지 않았다. 그런데 오두막이 그냥 먼지처럼 사라져 버렸다.

"음."

표현하기는 어려운데.

"심검의 확장판?"

"헐?"

3충성은 지금의 이 상황을 논리적으로 이해하려고 애썼다.

'절대악은 원래부터 괴물이었다.'

그런데 지금 보니.

'괴물이 아니라……'

이건 그냥 괴물 수준이 아닌 것 같다. 다른 필드로 가는 문을 강제로 열어버리고, 그 안에 있는 오두막을 눈짓 한 번으로 가루로 만들어 버렸다.

'거의……'

뭐라고 표현해야 좋을까.

'절대자……?'

3충성은 이러한 단어를 그다지 좋아하지 않는다. 절대자라니. 지극히 논리적이고 이성적이라 생각하는 3충성이다. 절대자와 같은 맹목적인 단어는 별로 좋아하지 않는다.

'딱히 다른 단어가 떠오르지 않아.'

그런데 또 절대자를 대체할 다른 말이 떠오르지 않는다.

"이런 것도 된다?"

한주혁이 구멍 뚫린 허공을 다시 한번 쳐다봤다. 한주혁을 잘 아는 천세송조차도 한주혁이 뭘 하려는 건지 제대로 이해하지 못했다. 눈으로 보고 나서야 알았다.

'이, 이건……'

오빠가 뭔가를 했다. 그러자 특수지역 라이나의 대부분이 날아갔다. 먼지가 되어 사라졌다. 라이나를 뒤덮고 있던 수많은 나무도, 군데군데 퍼져 있던 돌멩이들도 검은색 가루가 되어 사라졌다.

'이 느낌은…… 아수라극천무……?'

느낌 자체는 아수라극천무 같기는 했다. 그런데 아수라극천무처럼 요란한 이펙트나 화려한 효과음은 없었다.

'오빠가 그냥 쳐다보기만 했는데.'

쳐다보기만 했는데 많은 것들이 사라져 버렸다. 흔히들 말하는 소멸에 가까운 현상이 벌어졌다.

한주혁 본인도 놀란 듯 말했다.

"아수라극천무에 심검의 묘리를 섞었는데."

3충성이 떨떠름한 표정으로 물었다.

"이게…… 되는 겁니까?"

"그러게요. 되네요."

"될 줄 모르고 하신 겁니까……?"

"네. 그냥 해봤는데 되네요."

"……."

3충성은 할 말을 잃었다. 세상 사람들이 이 광경을 보면 뭐라고 생각할까.

"……저 나무들, 공격 불가 설정 아니었습니까?"

"시스템적으로는 그런데. 어떻게 잘 공격하면 부술 수 있더라고요."

3충성은 머리가 복잡해졌다.

'말하자면 시스템 무시인가?'

시스템적으로는 그렇게 설정이 되어 있는데, 그 설정값을 묘하게 피해서 공격을 할 수 있다는 것. 그건 쉽게 말해 설정값 무시 아닌가.

"그럼 모든 설정값을 다 파괴할 수 있는 것입니까?"

"아뇨. 그건 아닌 것 같아요. 되는 것도 있고 안 되는 것도 있을 거 같은데……. 직접 부딪쳐 봐야 알 것 같아요."

한주혁 본인도 자신의 힘이 어느 정도인지 모르겠다.

'마족 상태에서 풀리면 또 어떻게 될지 모르겠고.'

아직은 마족 상태를 유지하고 있어서 이 정도의 힘이 나는 걸 수도 있다. 아직은 모른다. 그래도 감은 어느 정도 있었다.

"근데 뭐. 대충은 다 될 거예요."

"……예?"

"시스템 설정값으로 보호받아도……."

한세아가 그 말을 이어받았다. 강해진 사람은 한주혁인데 한세아가 더 신난 것 같았다.

"그냥 모조리 다 뚜까 팰 수 있다는 거지? 성좌든. 태르민이든?"

"아마?"

일단 이 정도 힘이라면.

"바깥에서 기다리고 있을지도 모를 유리엘도 뭐."

그래 봤자 인간 중에 매우 강력한 힘을 가지는 NPC아닌가. 한주혁이 씨익 웃었다.

"확실한 건……."

한 가지 확실한 건 있다.

"인간한테는 어떻게 싸워도 안 질 것 같아."

천세송이 조심스레 물었다.

"인간이라면…… NPC도 포함이야?"

한주혁이 고개를 끄덕였다. 플레이어에게 안 지는 것은 어차피 당연한 일. 이 정도로 강해지기 전에도 플레이어에게 안 질 자신 있었다.

"NPC들도 뭐. 직접 부딪쳐 봐야 확실하긴 한데……. 별거 아닐 것 같은데?"

마음이 많이 여유로워졌다. 이때를 위해서 절대악을 플레이 해 왔던 것 같다.

'지금 상태 같아서는…… 제국도 쓸어버릴 수 있을 것 같은데.'

그런데 그때, 한주혁에게서 또 다른 변화가 시작되었다.

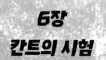

**6장
칸트의 시험**

-마족 상태가 변환됩니다.

-인간 상태로 전환됩니다.

-종족 값 초월의 비약으로 인하여 종족 값은 유지됩니다.

이것까지는 예상했다.

-강대한 마기가 관측됩니다.

-파천심공이 마기를 다스리기 시작합니다.

그런데 카르티안의 마기가 너무나 강력했다는 게 문제다.

'이거······.'

느낌이 좋지 않았다. 머릿속으로 떠올렸던, 마기가 흐르는

혈관들이 폭발할 것처럼 팽창하기 시작했다. 실제로 한주혁의 피부가 조금 부풀어 올랐다.

천세송과 한세아가 동시에 외쳤다.

"오, 오빠!"

둘이 보는 한주혁은 정상이 아니었다. 피부 전체가 부어올랐다. 마치 바람이 들어간 풍선 같았다. 잘못 건드리면 터질 것 같았다.

한주혁에게 경고음이 울려왔다.

띵! 띵! 띵!

위험 알림이 계속해서 들려왔다.

-파천심공이 다스릴 수 있는 마기의 수준을 벗어났습니다.

-마기가 폭주할 수 있습니다.

-주의하십시오!

한주혁의 머릿속에 정보들이 밀려들었다.

'침착하자.'

최대한 파천심공을 끌어 올리면서 정신을 집중했다. 그나마 다행인 건 큰 고통은 없다는 것. 고통이 없어서 정신을 집중하는 데에는 크게 문제가 없었다.

천세송은 자신의 입술을 꽉 깨물었다.

'내가 지금 소리치면…… 오빠한테 방해만 될 뿐이야.'

방법을 찾아야 했다. 오빠를 도울 수 있는 방법을.

'오빠의 몸에서 마기가 새어 나오고 있어.'

정확하게는 모르겠지만, 너무나 강대한 마기가 오빠의 몸을 터뜨릴 것 같은 모양새였다.

'카르티안의 정수가 너무 강력했던 탓일까?'

천세송은 나름대로 방법을 찾았다. 악 속성의 언데드들을 소환해 냈다.

"일어나라. 죽음의 군단이여."

"일어나라. 죽음의 군사여."

기본적으로 언데드들은 악 속성에 면역이 되어 있다.

"쿠로스. 마기를 흡수해. 가능한 한 많이."

바깥으로 새어 나오는 저 마기는 필요 이상의 마기다. 밖에서 조금이라도 줄여줘야 했다. '질투의 여신'이라 이름 붙었고, 한주혁을 꽤 당황하게 만들었던 등급의 쿠로스다. 그 쿠로스가 앱솔루트 네크로맨서의 특수 권능으로 인하여 더욱 강해졌다.

뱀의 머리카락을 가진 쿠로스가 한주혁에게 가까이 다가갔다. 머리카락들이 괴로운 듯 몸을 비틀며 쌔액- 쌔액- 비명을 내질렀다.

'언데드는 고통을 느끼지 않아.'

실제로 쿠로스는 고통을 느끼지는 못했다. 다만 머리카락에 달려 있는 뱀들에 의한 특수 효과일 뿐이다.

'그래도······'

그래도 조금은 도움이 될 수 있을 것 같다. 앱솔루트 네크로맨서. 그녀가 일으킨 군사들은 어느 정도 마기를 흡수할 수 있었으니까.

'조금이라도 도움이 되어야 해.'

비록 그게 아주 적을지라도 말이다.

천세송이 흡수해 주는 마기는 정말 적었다. 말 그대로 미량이었다.

'세송아. 땡큐.'

하지만 그게 한주혁에게는 큰 도움이 되었다. 한계치를 넘어설 듯, 넘어서지 않을 듯. 심장이 폭발할 듯 폭발하지 않을 듯. 그 미묘한 한계선을 천세송이 잡아주고 있었다. 만약 천세송이 없었다면 이미 온몸이 폭발했을지도 모를 일이다.

'내 힘만으로는 안 돼.'

파천심공의 힘만으로는 어떻게 할 수가 없다. 지금 이 폭발하는 마기를 다스리려면 본신 능력이 아닌 외부의 힘을 끌어다 써야 할 것 같다.

-갈틴의 반지를 장착합니다.

한주혁은 아이템을 사용했다. 갈틴의 반지. 두 명의 성좌를 한꺼번에 죽여서 보상으로 받은 세계 12대 초인의 아이템.

-막대한 양의 마기를 확인합니다.

-갈틴의 반지가 마기를 봉인하기 시작합니다.

한주혁은 눈을 감은 상태로 느낄 수 있었다.

'밖으로 향하던 마기들이……'

다시금 거꾸로 심장으로 모이고 있었다.

'마기를 강제로 봉인시키는 거야.'

심장에 말이다.

'마기가 움직이는 길을 망가뜨리지 않도록 조심해야 돼.'

아까와 같았다. 순서만 다를 뿐. 갈틴의 반지가 한주혁을 돕고, 거기에 파천심공이 마기를 안내했다.

'심장에…… 마기가 쌓인다.'

차곡차곡. 조심조심 마기가 쌓이기 시작했다. 눈으로는 보이지 않지만 그러한 이미지가 머릿속에 자연스레 그려졌다.

-갈틴의 반지가 마기를 갈무리하는 데에 성공하였습니다.

성공을 하기는 했다. 하지만 그것도 완벽하지는 않았다.

-파천심공이 마기를 다스립니다.

파천심공과 갈틴의 반지. 그 두 개가 시너지 효과를 내며 카르티안의 마기를 다스렸다.

'조금만 더……!'

꾸역꾸역. 짙은 농도의 마기가 심장에 모여들었다.

'할 수 있다.'

실수하면 심장이 폭발한다. 온몸이 갈가리 찢겨져 나갈 거다. 그건 확실하게 느껴졌다.

-마기가 봉인되었습니다.

다행히 마기를 봉인시키는 데 성공했다. 천세송의 도움, 반지의 도움, 파천심공의 도움, 아까의 경험……. 이것들 중 단 하나라도 없었다면 마기를 제대로 다스리지 못하고 죽을 뻔했다.

한주혁이 한숨을 내쉬었다.

"와……. 장난 아니네."

명령어를 입력하지도 않았는데 저절로 스탯창이 떴다.

<스탯창>

(1) 힘: 불안정

(2) 민첩: 불안정

(3) 체력: 불안정

(4) 지능: 불안정

(5) 행운: 30(+13)

(6) H/P: 249/1,974(+540+200+888)

(7) M/P: 1,210/1,974(+540+200+888)

(8) 활성 스탯

　-카리스마: 422

　-절대악 포인트: 70

잔여 스탯: 80

원래 한주혁의 4대 스탯은 무려 194. 거기에 더해 잔여 스탯이 80개가 추가로 더 있었다.

'불안정으로 변했어?'

그 수치가 불안정으로 변했을뿐더러 H/P와 M/P가 제멋대로 떨어졌다 올라갔다를 반복했다.

'이거 느낌이 영……'

느낌이 굉장히 안 좋았다. 심장에 어찌어찌 마기를 봉인하기는 했는데, 평정심이 흐트러지거나 조금이라도 어떤 외부 자극이 있으면 이 마기가 다시금 팽창하여 난리를 칠 것 같았다.

'엄청 조심해야겠는데.'

까딱 잘못했다가는 또 마기가 폭주한다.

'밖에 유리엘…… 있나?'

유리엘 같은 강자가 있으면 안 된다. 마기가 폭주할 수도 있다.

"이거. 너무 센 힘을 갖고 있어도 문제가 되네."

이 마기를 제대로 다스릴 수만 있으면 아까와 같은 힘을 가질 수 있을 거다. 아까의 그 힘은 스스로도 놀랐다. 제국과 싸워도 지지 않을 것만 같은 힘. 가히 절대자라고 불러도 될 정도의 힘.

한세아가 말했다.

"아까 오빠 장난 아니었잖아."

"어. 근데 그 힘을 자유자재로 쓰려면 뭔가 조건이 더 필요한 것 같아."

"아쉽게 됐네. 그 힘만 제대로 썼으면 에르페스든 모르골이든 짭도 안 될 거 같은데."

한주혁이 씨익 웃었다.

"그렇게 쉽게 가면 재미없잖아."

"재미가 무슨 소용이야? 게네 먼저 쳐부수고 재미를 찾아야지."

한세아는 오빠의 표정을 읽었다.

'이오빠가내오빠다'로 활동하면서 한주혁을 열심히 관찰하고 있는 한세아다. 한주혁의 표정을 읽는 데에는 나름대로 도가 텄다고 자부한다. 그녀는 알아차릴 수 있었다.

"오빠. 솔직히 말해. 아까 그 힘, 제대로 얻을 수 있는 방법 깨달았지?"

자리에 주저앉아 맥주를 마시던 유리엘은 엉덩이를 털고서 일어섰다.

"에이. 흥 다 떨어졌네."

아무리 기다려도 나올 생각을 하지 않는다.

"야. 너. 절대악 친구지? 절대악 나오면 나중에 찾아가겠다고 꼭 전해. 알겠지?"

유리엘은 그 말을 남기고서 휘적휘적 걸어갔다. 절대악을 기다리는 그 시간이 무척이나 지루했던 모양이다.

"시간 버렸어. 절대악 이 새끼. 나중에 혼꾸멍을 내줘야겠어. 감히 내 시간을 이렇게 버리게 만들어?"

다분히 신경질적인 태도로, 바닥을 발로 쿵쿵 밟으면서 걸어갔다.

"아주 운 좋은 줄 알라고 그래. 알겠냐?"

그 태도에 기품이나 위엄은 찾아보기 힘들었다.

"하아……."

긴장이 풀린 로랑이 깊은숨을 내쉬었다.

'저렇게 경박한데…… 느껴지는 위압감이 절대악 이상이라니.'

과연 최상급 NPC다웠다.

'일단 한숨 돌린 건가…….'

무릎 꿇고 앉아 술을 따르던 그 굴욕적인 장면을 전 세계에 보여주지 않아서 다행이다. 아니, 이걸 다행이라고 해야 할지 모르겠다. 그래도 나름 중국 최대 연합의 연합장인데.

그런데 또 목소리가 들려왔다.

"아. 당신이 절대악의 친구구나."

로랑이 흠칫 놀랐다.

'기척을 또 못 읽었다.'

식은땀이 흘러내렸다. 여자였다. 저 여자에게서 느껴지는 기도가 또 남달랐다. 눈으로 보고 있는데 형상이 잡히지 않는 기묘한 기분이었다.

'눈에는 잡히는데······.'

저게 진짜 형상인지. 아니면 가짜인지. 구분이 되지 않았다. 눈앞에 있는 것 같기도 하고, 아닌 것 같기도 하고. 이상했다.

"너. 되게 약하구나? 용케 절대악의 친구가 되었네."

"······."

로랑은 울고 싶었다. 사실 로랑은 약하지 않다. 14억 중국인들의 우상이며, 그들 중에서 최강자로 손꼽히는 인물이다.

"······저는 많이 약합니다."

중국인의 최강자이지만, 요즘 강한 사람을 너무 많이 만나고 있다. 원래 강하다는 건 상대적인 것 아니겠는가. 14억 중국인들보다는 강하지만, 절대악이나 최상급 NPC들보다는 약하다.

"그래. 근데 너 좀 귀여운 구석도 있어. 나는 블랙이라고 해."

"······블랙이요?"

로랑도 블랙을 안다. 에르페스에서 굉장히 중요한 키를 가지고 있는 NPC로 알고 있다. 절대악 퀘스트에도 등장하는 NPC. 에르페스 황궁에서 무엇인가를 훔쳐 나온 NPC.

'블랙이 대놓고 모습을 드러내?'

에르페스와 모르골이 한패일지도 모르는데? 블랙은 에르페스의 쫓김을 받고 있는 도적 아닌가.

"아아. 괜찮아. 지금 나는 너한테밖에 안 보이거든. 그러니까 쓸데없는 걱정은 하지 않아도 좋아. 나. 이래 봬도 황궁도 드나드는 몸이다?"

"……."

"근데. 그래서 절대악은 언제 나와? 너도 알겠지만 나 절대악이랑 친분 있다? 좀 알아야 할 필요가 있어서 그래."

"……저도 정말 모릅니다."

"진짜 몰라? 죽을래?"

로랑은 정말로 울고 싶었다. 자기가 어떻게 안단 말인가.

'왜 나만 갖고 그러냐.'

아무래도 절대악은 만만하지 않으니, 만만한 자신을 갖고 이러는 것 같다. 서글퍼졌다. 그래도 나름 중국인들 중 최강자인데.

대도가 고개를 들어 올렸다.

"어? 절대악의 기운이 느껴지네."

이제 로랑에게서 관심을 거두었다. 그녀의 관심은 로랑이 아니라 한주혁이었으니까.

'켈트의 진정한 유산'을 클리어하고 나온 한주혁은 주변을 둘러봤다.

'필드가…… 분리되는 느낌이네.'

천세송과 한세아. 그리고 꼬꼬와 3충성에게 말했다.

"긴장 늦추지 말고 있어."

분명 같은 필드다. 로랑도 보인다. 그러나 로랑은 이쪽을 보지 못하고 있는 것 같다.

한세아가 물었다.

"오빠. 왜 그래?"

"필드가 분리됐어."

"그런 게 돼?"

"특수한 공간에 들어와 있다고 생각하면 돼."

한주혁이 아무도 없는 앞을 똑바로 바라보며 말했다.

"대도. 블랙인가?"

짝. 짝. 짝.

박수 소리가 들려왔다.

"반은 맞고 반은 틀렸네요."

기다란 머리카락을 가진 여자가 모습을 드러냈다. 제 스스로 가슴을 잘라낸, 대도 블랙.

"나 혼자 온 게 아니거든요."

한주혁이 대도의 옆을 힐끗 쳐다봤다. 역시 눈으로는 잡히지 않았다.

"칸트인가?"

아무도 없는 공간에서 목소리가 들려왔다.

"제법이군. 플레이어가 내 기척을 읽을 수 있다니."

보아하니 유리엘은 자리에 없는 것 같다. 유리엘 대신 칸트와 블랙이 이 자리에 있다. 좋은 건지, 나쁜 건지. 아직은 구별하기 힘들었다.

'분명 에르페스보다는 모르골 쪽에서 만나는 게…… 비교적 안전하겠지.'

그래서 굳이 이쪽으로 찾아왔을 거다.

칸트의 말이 이어졌다.

"네가 정말로 우리의 왕이 될 자격이 있는지. 시험하러 왔다."

한주혁은 상황이 좋다고 느끼지는 못했다.

'타이밍이 영 좋지 못한데.'

유리엘이 아니라 칸트라서 다행이기는 했다. 그래도 유리엘보다는 이쪽 편에 가까운 NPC니까.

'내 힘을 제대로 끌어다 쓸 수만 있다면.'

그러면 칸트가 수십 명이 떼로 달려와도 괜찮을 거란 확신이 있지만 지금은 아니다.

'내 모든 능력치가 불안정 상태.'

불안정 상태를 조금이라도 잘못 건드렸다가는 신체 자체가

엉망진창이 될 수도 있다. 아니, 신체가 망가진다. 이건 확신이
었다.

"테스트라 함은 어떤 테스트지?"

위압을 사용하려다가 말았다. 일단 괜한 자극은 피하기로
했다. 몸 상태가 너무 나쁘니까.

"간단하다. 당신의 힘을 내게 증명하면 돼."

칸트가 아이템 하나를 꺼내 들었다. 펜던트 형태의 아이템.
전체적으로 푸른빛을 띠고 있었는데, 그 펜던트에서 옅은 붉
은빛이 새어 나왔다.

"이 아이템의 이름은 루마니안 펜던트. 새로운 필드를 열어
주는 아티팩트다. 원래의 차원과는 다른 아공간이라고 생각하
면 편하겠군."

그와 동시에 필드가 변했다.

'대리석 바닥.'

발광체는 딱히 없지만 주변은 환했다. 하얀색 대리석 바닥
이 넓게, 광야처럼 펼쳐져 있었다.

-'루마니안 연무장'에 입장하였습니다.
-H/P와 M/P가 공개됩니다.

H/P 바뿐만 아니라 M/P 바까지 생겨났다. 한주혁의 머리
위에도. 그리고 칸트의 머리 위에도.

-'루마니안 연무장'은 '여벌의 목숨' 효과가 적용되어 있습니다.

-'여벌의 목숨'은 모든 생명체의 부활을 보장합니다.

-단, 부활의 횟수는 1회로 제한합니다.

말하자면 이곳 루마니안 연무장은 목숨을 걱정할 필요 없이 PVP 혹은 NVP를 할 수 있는 전투 필드인 셈이다.

"룰은 딱히 없다. 이곳에서 당신의 능력을 입증해 보라."

한주혁이 인상을 살짝 찡그렸다.

'별로 안 좋아.'

상황이 그다지 좋지 않다. 지금 온몸이 폭탄의 뇌관 같다. 톡 건드리면 폭발할 것 같다. 이런 상황에서 전투를 치른다는 건 자살행위다.

'마족의 뿔도 더 이상 사용할 수 없고.'

데미안을 부를 수 있다면 좋았을 텐데. 이제는 마족의 뿔도 없다.

'그렇다고 전투를 할 수도 없어.'

황궁을 드나들었던 실력자인 블랙. 그보다 더 상위 NPC인 칸트가 앞에 있다. 지금 전투를 하는 것은 미친 짓이다. 거기까지 판단을 내린 한주혁이 덤덤하게 입을 열었다.

"그런데 한 가지 묻고 싶군."

한주혁은 속마음을 완전히 감춘 채 한 걸음 앞으로 다가섰다. 그 모양새만 보자면 한주혁은 칸트에게 전혀 위축되지 않은 것처럼 보였다.

"무엇이지?"

"네가 무슨 자격으로 나를 판단하지?"

"……."

"네가 뭔데?"

한주혁이 피식 웃었다.

"내게는 이미 12명의 충신들이 존재한다. 그리고 나는 법도와 예의를 중시한다."

한주혁은 3충성을 힐끗 쳐다봤다. 한주혁은 기본적으로 3충성에게 존댓말을 사용한다.

-잠시 반말을 좀 쓰겠습니다.

양해를 구한 뒤, 이렇게 말했다.

"3충성. 라이나의 영상을 가지고 있지?"

"그, 그렇습니다."

한주혁이 갑자기 자신을 호명하자 3충성이 뜨끔 놀랐다. 반말을 하겠다는 귓말 이후다. 마음의 준비를 했는데도 놀랐다. 그리고 묘하게 흥분했다.

'나 지금…….'

세계의 중심. 에르페스와 모르골의 메인 캐릭터. 절대악의 메인 시나리오 안에 들어와 있는 거야?

그런 기분이 들었다. 이 기분. 묘하다. 절로 심장이 쿵쿵거렸다. 의욕이 샘솟았다.

3충성은 마치 루펜달이 된 것처럼 우렁차게 말했다.

"제1마족 카르티안의 정수를 섭취하시고 심검의 묘리를 사용하여 특수지역 라이나를 소멸시켜 버린 그 영상 말입니까?"

그것을 한주혁에게 전송했다.

"칸트. 나는 너를 높이 산다. 언젠가 함께 힘을 합칠 수 있을 거라 판단하여 적대악임과 동시에 절대악으로 이 세계를 플레이하고 있다."

그러고서 영상을 보여주었다. 영상을 본 한주혁도 만족했다.

'역시. 노이즈가 전혀 끼지 않았어.'

아수라파천무를 사용할 때와는 사뭇 달랐다. 아수라파천무는 말 그대로 그냥 시스템에 정해져 있는 스킬을 사용하는 느낌이었다.

하지만 아까는 아니었다. 공간 전체를 지배하고 있는 것 같은 느낌이었다. 원하지 않는 노이즈는 없애 버릴 수 있었다. 그 정도의 여유와 실력이, 아까의 한주혁에게는 존재했었다.

"내 왕의 자질을 판단하려면, 먼저 내 충성스러운 12장로들에게 그대가 먼저 허락을 받아야 하는 것 아닌가? 그대가 정말로 나와 함께하고 싶다면."

데미안과 함께하면서 이 말투도 많이 익숙해졌다. 대군주 노릇도 많이 하면 익숙해진다고. 이러한 상황이 낯설지 않았다.

칸트는 한주혁과 눈을 마주쳤다.

'저 영상은 진짜다.'

스스로도 저렇게는 못한다. 칸트가 씨익 웃었다.

"당신의 말에 일리가 있군요."

"왕의 직접적인 무력과 실력만이 곧 왕의 능력이라고 생각하는 건 아니겠지?"

"물론 그렇습니다."

한주혁은 12장로를 부린다. 그들을 제대로 부릴 줄 안다.

왕은 결코 혼자서 모든 것을 할 수 없다. 스스로 잘난 왕보다는, 유능한 인재들을 불러모아 그들을 제대로 다스리고 통치할 줄 아는 왕이 더 위대한 일을 하게 마련이다.

"프루나로 가라. 가서 제1장로 룩소를 먼저 만나고 와라. 그이후에 네 테스트에 응해줄 테니."

그리고 권능의 귓말을 사용했다.

-룩소. 칸트와 검으로 만날 준비를 해라.

또 다른 이에게도 귓말을 보냈다.

-데미안. 프루나에 잔챙이 한 마리가 설칠 것이다. 나와의 계약을 밝혀.

누가 계약 상위주체고, 누가 계약 하위주체인지. 그것을 밝혀주길 원했다. 또한.

-죽지 않을 만큼 두들겨 패는 것을 추천한다.

한주혁은 모든 스탯을 정상화할 수 있는 방법을 찾기로 했다.

'방법이 있을 거다.'

힘을 완전히 다룰 수 있을 때. 그 힘이 어느 정도인지 이미 체감했다.

'반드시.'

반드시 그 힘을 얻기로 했다. 그 사이 필드가 원래대로 돌아왔다. 어느새 블랙과 칸트는 사라져 있었다.

전 세계가 집중했다. 원래 입장 조건이 까다로운 던전은, 그 보상이 특출하게 마련이다.

란돌도 이번 히든 던전. '켈트의 진정한 유산'에 관심이 아주 많다.

"전 세계가 난리인 부분입니다. 인정?"

한주혁은 따뜻한 홍차를 마시다가 뿜을 뻔했다. '최신 한국어'라는 이름으로 어디서 자꾸 이상한 말을 배워온다.

파이라 대륙의 부호. 전 세계에서 제일가는 갑부 란돌은 기품 있는 자세로 찻잔을 내려놓았다.

"란돌. 어디서 자꾸 그런 말을 배워오는 건가요?"

"전에도 말씀드렸다시피 인터넷은 모든 지식의 창구이자 어머니죠."

"……."

란돌은 저런 말투를 쓸 때마다 묘하게 자랑스러워하는 표정을 짓는다. 마치, 내가 이렇게 공부를 열심히 했습니다. 이것을 주장하는 것처럼 말이다.

"인터넷에서는 이것을 일컬어 급식체라는 이름으로 명명하여 부르고 있더군요. 급식체. 품위 있는 느낌입니다."

한주혁은 머리를 긁적거렸다. 외국인은 외국인인 것 같다. 외국인에게는 '급식체'라는 단어가 품위 있는 발음으로 들리는 모양이다.

'그래. 뭐, 좋은 게 좋은 거지.'

그냥 내버려 두기로 했다. 저렇게 기품이 넘쳐흐르는 태도로, 이른바 '급식체'를 사용하는 왕자라니.

그 왕자가 또 말했다.

"어쨌든 블랙 스톤을 무려 1,000개나 사용하여 입장했던 던전을 클리어하셨으니, 전 세계가 난리인 것도 이해가 됩니다."

직접적으로 묻지는 않았다. 어떤 것을 얻었는지. 무슨 변화가 있었는지. 때가 되면 어련히 알려주겠거니, 그렇게 생각했다.

"그런데 그러한 내용이 워낙에 전 세계를 뒤덮고 있다 보니……. NPC들도 이번 상황을 많이 주목하고 있는 것 같습니다."

"그렇겠죠, 아무래도."

NPC들조차도 블랙 스톤은 보물로 생각하니까.

"조심하셔야 할 각입니다."

"……."

"파이라 대륙에서도 에너지 스톤을 관리하는 일부 플레이어와 NPC들에게서 정신 지배의 흔적이 나타나고 있습니다. 장부를 정리하면서 알아냈죠. 매일매일 조금씩, 야금야금 빼먹고 있습니다."

그게 상당히 오래되었단다. 한주혁은 그 말에 귀를 기울였다.

'정신 지배.'

정신 지배를 잘하는 대표적인 인물이 있다.

'태르민?'

란돌은 주변을 한번 살펴봤다. 마치 중요한 얘기를 하려는 듯.

"예전. 한국의 랭커였던 강무열의 죽음을 기억하십니까? 귀하의 앞에서 죽었다고 들었습니다."

"당연합니다."

그때 받았던 충격은 지금도 잊혀지지 않는다. 당시 한주혁을 찾아왔던 강무열은 이렇게 말했었다.

"우리는 너무 멀리 돌아온 것일지도 모릅니다. 절대악께 모든 일을 바로잡아 달라고 말하는 게 아닙니다. 다만 제가 말씀드리고자 하는 것은……. 태르민을 없애주십시오. 제 형님과 조카를 살해한 그놈을 말입니다.

그렇게 말하고서 스스로 보자기 속에 들어갔었다. 그 안에서 녹아내려 사망했었다. 그것도 현실에서.

태르민의 능력을 일부나마 엿볼 수 있었던 사건이었었다.

"그와 죽음의 형태가 동일했습니다. 그것을 한국 고위층들은……."

"저주의 인이라고 불렀죠."

그때 결심했다.

대연합, 그리고 태르민 휘하의 로열패밀리와 전쟁을 벌이겠다고. 잡아먹느냐, 잡아먹히느냐. 그 싸움을 하기로. 돌이킬수 없는 강을 건넜다는 것을 그때 깨달았었다.

'그런 형태의 저주가 파이라 대륙까지 퍼졌다는 말인가?'

자신의 이득을 위해 남의 목숨 정도는 파리처럼 여기는 놈이다.

"전 세계 각지에서 군자금을 끌어모으고 있다는 느낌을 지울 수가 없습니다."

한주혁이 고개를 끄덕였다.

'놈이 죽느냐, 내가 죽느냐. 그 싸움이니까.'

이쪽이 점점 강해지면 강해질수록 저쪽도 마음이 급해질터. 저쪽은 또 저쪽 나름대로 준비를 하고 있을 거다.

란돌이 말했다.

"저희 쪽에서 입수한 정보에 따르면…… 에르페스의 고위NPC들이 적대악을 더욱 적극적으로 키우려는 것 같습니다. 그에 맞추어 준비하시는 것이 좋을 듯합니다."

한주혁이 고개를 끄덕였다. 안 그래도 그런 생각을 하고 있던 중이다. 절대악이 무려 블랙 스톤 1,000개가 필요한 히든 던전을 클리어했다. 그를 상대할 대항마도 있어야 하지 않겠는가.

'예전에 분신이니 뭐니 생쇼하면서 친선 관계를 맺어놓기를 잘했네.'

적어도 겉으로는 절대악인 자신을 공격하지는 않을 테니까.

'대외적인 명분이 없는 한, 대놓고 나를 치지는 못해.'

그건 제국이어도 안 된다. 특히나 젊은 영웅 칸트와 그를 따르는 수많은 민중이 있는 판국에, 명분 없는 권력 남용을 할 수는 없는 노릇이다.

란돌은 다시금 홍차를 마셨다. 방금이 마지막이었다. 란돌은 빈 찻잔을 내려놓았다.

'당신이 그려갈 새로운 세상이 너무나 기대됩니다.'

남들이 알고 있든 알고 있지 않든, 절대악은 지금 거대한 전쟁을 치르고 있다. 란돌은 그렇게 생각했다.

"도울 수 있는 것은 얼마든지 돕겠습니다."

절대악의 전쟁 이후 세계가 어떻게 변할지 란돌은 궁금했다. 절대악을 진심으로 응원하고 싶었다. 란돌이 자리에서 일어섰다. 한주혁을 응원하겠다며 주먹을 불끈 쥐고 말했다.

"가즈아!"

정확히 6시간 뒤. 한주혁은 란돌이 말한 상황을 직접 경험하게 됐다.

"오오옷! 적대악님! 오옷! 황제폐하의 칙서를 전달하러 왔습니다, 오옷!"

무려 황제의 칙서가 전달됐다. 그 내용을 살펴본 한주혁은 씨익 웃었다. 머릿속으로 그림이 그려지는 느낌이 들었다.

'이제 좀…… 알 것 같다.'

7장
잿빛 마도사의 죽음

'황제의 직속 명령을 통해 적대악을 키운다라.'

황제가 명령했다. 적대악 앤서를 키우라고. 그를 통해 절대악을 견제하겠다는 소리다. 플레이어들끼리 서로를 견제하며 커가는 것은 이상한 일이 아니니까.

'제우스가 그리고 있는 큰 그림.'

그것의 일부인 것 같다. 지금 에르페스 측은 자신이 적대악임과 동시에 절대악이라는 사실을 모른다. 하지만 제우스는 알고 있을 거다. 그에 따라 이러한 칙서가 내려온 것일지도 모른다.

<황제의 칙서>

황제의 친필 서명으로 증명된 칙서입니다. 칙서는 황제의 직접 명령과 같습니다. 에르페스에 속한 제국민이라면 누구나 그 명령에 따라야 합니다.

　+상세설명

그 내용이 머릿속에 입력되었다.

1. 성족의 증표를 받으십시오.
2. 다른 성족의 증표를 찾으십시오.
3. 또 다른 성족의 증표를 찾으십시오.
4. 3개의 성족의 증표를 황금사자상의 목에 거십시오.

황제의 칙서의 내용에는 직접적으로 이렇게 표기되어 있었다.

<상세설명>

　성족의 증표를 통해 적대악의 가치를 인정받으라. 3개의 성족의 증표가 그대를 인정하리니. 황금사자가 그대를 새로운 세계로 안내하리라.

한주혁은 잠시 눈을 감았다. 그리고 생각에 빠져들었다.

'성족의 증표. 이미 내가 하나 가지고 있어.'

아무래도 황궁은 자신을 완전히 믿지는 않는 모양이었다. 그래서 '성족의 증표'를 받아오라는 것 같다. 성족의 증표는 어지간해서는 쉽게 구할 수 없는 것 같으니까.

"이것이 황궁에서 내리는 성족의 증표입니까?"

하얀빛을 내고 있는 구슬 형태의 아이템.

"오옷! 그렇습니다! 이것은 신성한 아티팩트. 성족의 증표입니다!"

"감사히 잘 받겠습니다. 이것과 비슷한 아이템들을 찾으면 되는 것이로군요."

"맞습니다! 오옷! 성족에게 인정받고 그 신실함과 성스러움을 증명하면 성족의 증표를 얻어낼 수 있다고 하였습니다, 오옷!"

듀퐁은 머지않아 적대악이 위대한 통치자 중 한 명이 될 거라고 믿어 의심치 않았다. 그래서 줄을 잘 타기로 했다.

그는 알고 있는 모든 정보를 스스로 술술 말했다.

"최후의 성족이 남긴 발자취는 데르앙에 존재합니다."

"데르앙에요?"

무역 도시 데르앙. 한주혁이 본격적으로 이름을 떨치기 시작했던 곳. 대연합들과의 전쟁을 시작했을 때, 한주혁이 버려진 영지 세르니아를 내주고 취했던 곳이다.

"예. 아실지 모르겠습니다만 현재 절대악이 영주로 등록되어 있는 플레이어들의 필드입니다. 오오옷! 모르셨죠?"

제가 이만큼이나 유용한 정보를 드리는 것입니다. 잘 좀 봐주십시오. 오옷! 그 마음을 담아 손바닥을 연신 비비며 비굴한 태도를 취했다.

한주혁은 잠자코 듀퐁의 말을 들었다. 데르앙을 모를 리 없다.

'잘 알지. 내 땅인데.'

데르앙에 최후의 성족이 남긴 발자취가 존재했던가?

'들어본 적 없어.'

팬더조차도 발견하지 못했다. 만약 있었다면 팬더가 발견했었을 텐데.

'악 속성 계열은 아예 발견할 수 없도록 설정되어 있는 건가.'

그렇다고 한다면 또 말은 된다.

'공교롭게도 일이 이렇게 이어지는구나.'

방금 전. 란돌과의 대화에서 강무열을 떠올렸었다. 당시 한국 내 랭커였으며 원거리 딜러로 유명했던 강무열. 한주혁은 이곳에서 강무열을 완벽하게 제압하고 데르앙을 접수했었다.

'완전한 우연은 아닐 거야.'

파이라 대륙에서 발생한 이변. 태르민의 흔적. 그 연결 고리라 할 수 있는 강무열의 죽음.

'그 강무열이 수호에 나섰던 데르앙에서…… 성족과 연관된 퀘스트가 이어져.'

결국 이 모든 것들이 종국에는 태르민으로 이어지는 것 같은 기분이 들었다.

"그곳에 가시면 성족의 증표를 얻을 수 있을 것입니다! 오옷! 이것과 비슷합니다. 3개를 얻으시면 됩니다! 황금사자상의 위치는 성족의 증표를 얻으신 이후에 칙서에 오픈된다고 합니다! 오오옷!"

황궁 내. 가장 깊은 곳. '그곳'이라 불리는, 모든 이들이 가면을 쓰고서 회의를 진행하는 가장 비밀스러운 회의장.

그곳에서 누군가가 말했다.

"적대악을 키우도록 하겠습니다."

"예전에 논의했었던…… 적대악이 어쩌면 절대악일지도 모른다는 그 의견은 이제 사라진 건가요?"

그 의견에 아주 조금이나마 동조를 했었던 사람들이 있었는데 지금은 없어진 것 같다.

"그래서 성족의 증표를 조건으로 내걸었습니다."

"황제가 직접 칙서를 내렸죠."

"확실히. 성족의 증표를 얻는다면 더 이상 의심할 필요는 없겠지요."

성족은 절대악과 같은 악 속성 기운에 매우 예민하다. 성족 앞에서도 그 기운을 감출 수는 없을 것이다. 성족에게 증표를 무려 2개나 받는다는 건(1개는 하사했으니까) 악 속성과 조금이라도 연관이 되어 있으면 불가능한 일이다.

"유리엘은 어째서 움직이지 않는 것입니까?"

"귀찮아서라고 하더군요."

"그 외에 다른 놈들은 의뢰를 받지 않죠?"

"그렇습니다."

"귀찮게 됐군요."

절대악을 진작에 처렸으면 이런 귀찮은 일은 없었을 거다. 하나, 대놓고 치기에는 명분이 너무 없다.

또한 절대악이 가진 능력. 블랙 스톤을 획득하는 능력도 탐이 난다. 그냥 없애 버리기에는 아깝다.

"절대악을 노예화하여 꼭두각시로 만들어야 합니다."

다들 말은 하지 않았지만, 속으로는 똑같이 생각했다.

'황제처럼.'

지금의 황제는 꼭두각시다. 명령하면 복종하는 인형. 결국 '그곳'에 모인 이들이 이 나라를 움직인다. 이곳에 모인 이들은 전부 그 사실을 알고 있다.

"그러면 블랙 스톤을 얻을 수 있겠죠."

"블랙 스톤만 충분히 확보되면 플레이어들의 세계로 진출할 수 있을 것입니다."

이론상, 플레이어들의 세계로 넘어가면 더 이상 죽음을 두려워하지 않아도 된다. 영원에 가까운 생명을 얻을 수도 있다. 그들은 그렇게 생각했다. 지금 플레이어들이 가지고 있는 어쭙잖은 힘까지도 접수할 수 있을 거다. 바야흐로 새로운 세상이 열리는 거다.

그들 중 한 명이 자신 있게 말했다.

"성족의 증표를 통해…… 적대악이 제대로 성장만 해준다면 절대악을 노예화할 수 있을 것이라 짐작됩니다. 물론, 우리가 물심양면으로 도와야겠죠."

"좋은 생각입니다."

"그런데 적대악에게는 어떤 안전장치를 해야 합니까? 너무 성장해 버리면……. 오히려 우리에게 이빨을 드러내는 것 아닙니까?"

이곳에 모인 NPC들은 플레이어를 사람으로 여기지 않는다. 가축이나 노예 정도로 생각한다. 다들 그랬다. 그래서 플레이어의 세계로 넘어가, 플레이어들을 노예로 부릴 계획을 이미 갖추고 있다.

"어차피 시간이 지나면…… 놈은 저절로 사망할 것입니다. 걱정할 것 없습니다."

"하긴. 그렇군요."

성족의 힘을 인간이 제대로 흡수한다? 그러면 죽는다.

"그 힘을 인간의 육체로 어떻게 감당하겠습니까? 고대를 통틀어서도 그것은 불가능한 일입니다. 종족 값을 아득히 초월하는 일이니까요."

"또 모르지요. 적대악이 악 속성의 기운을 극한까지 가져서 두 가지 기운을 융합한다면."

다들 쿡쿡대고 웃었다.

"너무나 불가능한 얘기군요."

일단 악 속성 기운을 가졌으면 성족의 증표를 얻을 수가 없다. 어찌어찌 성족의 증표를 얻어 새 길을 개척한다 할지라도, 또 성족의 증표의 냄새가 묻은 사람이 악 속성 기운을 배울 수 있을 리가 없다.

"그 두 개의 힘은 서로 반발하니까요."

"어느 마족이 미쳤다고 성족의 증표를 가진 자에게 힘을 나누겠습니까?"

애초에 불가능한 얘기다.

"좋은 계획인 것 같습니다."

플레이어 하나(적대악)를 제대로 키워서 또 다른 플레이어(절대악)를 견제하고, 결국 절대악을 노예로 삼는다. 이후 적대악은 제힘을 견디지 못하고 죽을 것이다.

"칸트 섬멸 작전도 곧 막바지 단계에 접어듭니다. 며칠 후면 칸트도 이 세상에서 지워질 것입니다."

그러면 그들의 머리를 아프게 하는 것들은 거의 사라진다. 그들의 세상이 될 거다. 이후. 또 새로운 세계를 개척하여 새로운 시대를 열 수 있다.

여태껏 입을 다물고 있던 한 명이 와인 잔을 높이 들어 올렸다.

"새로운 시대를 위하여."

제1장로. 룩소는 검을 빼 들고 기다렸다. 그러던 중 누군가를 맞이했다.

"데미안 님이십니까?"

"그래."

데미안이 성문 앞에 앉았다.

"계약 상위주체가 부탁해서 말이야."

룩소는 검을 다시 집어넣었다. 자신이 맞이할 필요가 없어졌다. 데미안이 이곳에 왔으니까.

데미안은 바닥에 앉은 상태 그대로 입을 열었다.

"내 앞에서 은신하려면 목이 달아날 것을 각오하라고 했을 텐데."

룩소와 데미안 앞에 누군가가 모습을 드러냈다. 룩소가 그 여자를 봤다.

"대도. 블랙?"

"맞아요. 절대악이 꼬봉 먼저 처리하고 오라고 하도 엄포를 놔서요. 우리의 왕이 되실지도 모를 분인데, 일단 예의는 차려야 하……."

블랙은 더 이상 말을 잇지 못했다.

'어느새……!'

데미안은 직접 움직이지도 않았다. 무형의 힘으로 그녀를 짓눌렀다.

"내 계약 상위주체에게 무례를 범했다 들었다."

그녀는 자신의 의지와는 상관없이 무릎을 꿇었다. 그런데 무릎을 꿇은 사람은 블랙뿐만이 아니었다. 허공에서 흐릿한 몸체 하나가 조금씩 모습을 드러냈다.

"큭……!"

데미안이 씨익 웃었다.

"네가 칸트냐?"

"……."

"내 계약 상위주체께서 말씀하시길. 죽지만 않게 때리라 하셨다."

칸트가 눈을 부릅떴다. 데미안이 검지손가락을 가볍게 까딱했다.

칸트는 아무런 말도 하지 못했다.

'이럴 수가.'

심검을 사용했다. 그런데 그 어떤 피해도 끼치지 못했다.

데미안은 재미있다는 듯 칸트를 쳐다봤다.

"그래도 제법이긴 하구나. 인간으로서는 거의 한계치까지 강해진 것 같군."

심검을 사용할 수 있든, 인간의 종족 값을 거의 끝까지 채워 강해졌든, 사실 그건 데미안에게 중요하지 않았다.

"일단 인사는 맞고 시작하기로 하지."

한세아는 침대에서 벌떡 일어섰다. 다시 벌러덩 누웠다. 그
랬다가 또 벌떡 일어섰다.

"아. 어떡하지?"

손톱을 잘근잘근 깨물었다.

"으아악! 모르겠다!"

침대에 다시 한번 드러누웠다가 또 벌떡 일어서서 방문을
열고 나섰다.

"그래. 이번 딱 한 번만이야."

눈 딱 감고. 딱 한 번. 진짜 한 번이다. 오빠의 방. 그러니까
한주혁의 방을 찾아갔다. 몇 발자국을 옮기다가 다시 자신의
방으로 돌아왔다. 의자에 앉았다.

"시기상 지금이 맞기는 맞는데……."

시기가 딱 그렇다. 오빠의 몸은 불안정한 상태. 한세아는 거
기에 집중했다.

"오빠한테 부족한 건…… 성좌 전원 사살이지."

어떻게 한 건지는 모르겠지만 원래 1번 성좌였었던 유리아
가, 다시 6번 성좌의 자리를 차지했고 한 번에 모든 생명을 소
모해서 3번 사살 처리로 진행됐다.

"나는 아직 한 번밖에 안 죽었고."

두 번 더 죽어야 한다. 그래야 오빠의 '7개의 성좌 VS 절대
악'의 퀘스트가 완료될 것 같다.

"근데 나 죽으면 완전 끝나는 거 아냐?"

절대악에게 죽으면 델리트되는 거 아닐까 무서웠다. 그녀도 엄연히 올림푸스를 즐기는 플레이어고, 한주혁을 제외하면 한국의 탑 랭커 중 한 명이다.

"미치겠네."

그래도 일단 오빠에게 도움이 되겠다고 마음먹었다. 오빠가 먼저 자신을 죽이겠다고 덤벼들지는 않을 테니.

"역시 내가 먼저 말해야겠지?"

먼저 말해서 세 번 죽어주는 것이 좋을 것 같다는 판단이 섰다. 그녀 혼자만의 생각이지만, 지금의 이 타이밍이 절대악에게는 매우 중요한 타이밍이 아닐까 하는 생각을 했다.

"그래. 시기상 지금이 맞지."

절대악의 메인 시나리오는 여태껏 잘 진행되어 왔다. 성좌들의 아가페적 사랑(?)으로 오빠는 고난들을 잘 헤쳐왔다. 이제 '전투 결과창'에 사살 횟수가 남은 성좌는 자신뿐.

"나는 잿빛 마도사인데. 설마 뭐 없애 버리기야 하겠어? 인간적으로 델리트는 아니겠지. 델리트면 내가 제우스 죽여 버린다!"

결정했다.

'혹시 알아? 모든 성좌 사살한 보상으로 오빠의 몸을 정상으로 돌려줄지?'

혹은 그게 아니더라도 뭔가 대단한 보상을 줄 것은 확실했으니까.

'오케이. 간다.'

다시금 결정을 내린 한세아가 뚜벅뚜벅 걸어 한주혁의 방을 찾았다.

"오빠. 날 죽이는 게 좋을 것 같아."

잠시 낮잠을 즐기던 한주혁이 부스스한 머리를 비비며 침대에서 일어섰다.

"갑자기 뭐야?"

"오빠도 속으로 생각하고 있지 않았어?"

"뭘?"

친오빠에게 있어서 지금 시간에 비장한 얼굴로 찾아온 여동생은 그저 인생의 장애물에 불과했다. 달콤한 낮잠을 방해하는 불청객.

"3초 안에 본론 안 말하면 쫓아낸다."

"성좌 카운트 나만 남았잖아."

"……아."

한주혁이 머리를 긁적거렸다.

"어차피 죽일 거였는데?"

"……."

한세아는 저도 모르게 쿨럭! 기침했다.

"난 또 뭐라고."

한주혁은 침대에 다시 누웠다. 시계를 봤다. 잠든 지 겨우 5분밖에 안 됐다.

"어차피 죽이려고 했거든? 가라 이제. 오빠 졸립다."

"아니. 오빠. 그러다가 근데 나 델리트되면 어떡해?"

그 말에 한주혁이 다시 일어섰다. 인상을 잔뜩 찡그리고서
말했다.

"내가 델리트되는 거 아니잖아?"

"……."

한세아는 묘하게 납득했다.

"여윽시."

역시 세계의 영웅. 전 세계가 칭송하는, 절대악 폭풍의 당사자.

"우리 오빠 인성은 역시 갑이야. 그치?"

한주혁은 다시 벌러덩 드러누웠다. 한세아의 반어법을 칭찬
으로 받았다. 귀찮으니까.

"그럼. 당연하지."

"그럼 나 언제 죽일 건데?"

"낮잠 좀 자고."

올림푸스도 너무 지나치게 플레이하면 머리가 아프다. 흔히
들 표현하기를 '뇌가 녹는 느낌'이 든다. 실제로 뇌가 녹거나 하
지는 않지만, 적절한 휴식이 뒷받침되지 않은 플레이는 오히려
플레이 자체에 악영향을 끼친다.

"오빠. 근데 나 진짜로 델리트되면 어떡해?"

"……."

한주혁은 눈을 감았다.

겉으로야 어찌 됐든, 한주혁도 속으로는 많이 고민하고 갈등했던 문제다. 한세아가 성좌를 갖게 한 것이 자신이다. 그런데 이제 와서 그 성좌의 목숨이 필요하니 죽인다? 3번 죽이면 델리트될지도 모르는데? 혹은 엄청난 페널티를 받을 수도 있는데?

한세아도 잠시 생각했다.

'오빠가 진짜 나 죽이려고 했으면 이미 어제 죽였을 거야.'

그래야 1초라도 아낄 수 있을 테니까. 자신의 목숨은 아직 두 번 남았다. 사망하면 강제 로그아웃 되고, 강제 로그아웃 되면 접속 불가 제한이 있다.

'오빠에게는 1초도 엄청난 값어치를 가진 시간이니까.'

그녀가 생각하는 스스로의 1초와 오빠의 1초는 많이 다르다. 격 자체가 다르다고 생각하는 중이다. 그러한 상황에서 오빠가 자신을 죽이지 않고 있다는 것은, 오빠도 오빠 나름대로 고민하고 있다는 뜻이 된다. 동생인 한세아는 그걸 잘 알았다.

그래서 이렇게 말했다.

"오빠. 하여튼 난 오빠한테 평생 빌붙기로 작정했거든?"

"……빈대냐?"

"혹시라도, 내가 만약에라도 델리트되거나 캐릭터에 엄청 큰 불이익이 생기면 오빠가 나 평생 책임져야 돼. 이제 와서 새로운 캐릭 키우기도 힘들단 말이야."

"……"

"책.임.져."

그 책임의 의미란 그렇게 복잡하지 않았다.

"1일 1닭."

한세아의 표정은 진지했다.

"양념 반. 프라이드 반."

"……."

"어때? 콜?"

한세아도, 한주혁도 진심으로 하는 대화가 아니라는 건 서로가 잘 알고 있다. 하지만 둘 다 표정은 굉장히 진지했고 심오했다.

"야."

"응?"

한주혁은 그 누구보다도 진지한 태도로 치킨 협상에 돌입했다.

"1일 1치킨은 좀 오버 아니냐? 2일 1치킨까진 책임져 준다. 그 이상은 안 돼."

"아. 왜! 1일 1치킨은 해줘야지."

한주혁이 매정하게 돌아누웠다.

"협상 결렬. 꺼져."

남매의 협상은 치열했다.

블랙은 그 자리에서 움직이지 못했다.

'움직이면 죽어.'

데미안의 능력이 어느 정도일 거라고 짐작은 하고 있었지만, 이 정도일 줄은 몰랐다.

'과연…… 최상위급 마족.'

이제는 서열 1위로 도약한 마족이라는 사실을, 블랙은 아직 모르고 있다.

'칸트가 제대로 힘도 못 쓰고 제압당하다니.'

솔직히 말이 좋아 '제압'이지 사실상 얻어맞았다. 데미안은 칸트를 거의 어린아이 다루듯 다뤘다. 오른손은 쓰지도 않았다. 왼손만 사용해서 유유자적 움직였는데 칸트의 모든 움직임이 봉쇄당했다.

그 장면을 지켜본 룩소도 생각했다.

'엄청나구나.'

데미안의 힘. 마족의 힘이란 게 이런 건가 싶었다. 인간이 아무리 노력해도 저 경지를 넘어설 수는 없을 것 같았다.

'주군께서 저러한 계약자를 둔 것이 다행이로구나.'

만약 적으로 만났다면 큰일 날 뻔했다. 저 정도면 가히 절대자라고 불러도 될 법했다. 칸트의 철퇴 공격은 데미안의 몸에 스치지도 못했다.

데미안이 오른손으로 칸트의 목을 잡아 올렸다.

"초인의 영역이라고 부르기에는 너무 거창하다. 초인의 영역이 아닌, 어리광쟁이의 영역이라고 이름을 바꾸는 것을 추천한다."

"큭……!"

칸트는 저항하지 못했다.

"제가 졌습니다."

데미안이 칸트를 놓아주었다. 어차피 죽일 생각은 없었다. 힘의 격차를 확실히 느끼게 해줬을 뿐.

"정말로 절대악의 하위 계약자입니까?"

"인간들의 표현에 따르자면 내가 을이더군."

"……"

갑이 절대악이고 을이 데미안이다. 칸트의 몸이 부르르 떨렸다.

'이런 계약자가 있으면……. 제국과도 할 만하다.'

과연 절대악이다.

'맨브라암의 후손.'

고대로부터 이어지는 계보. 절대악은 맨브라암의 후손이 확실한 것 같았다. 에르페스. 그러니까 칸브라암의 후손이 성족의 가호를 받는 족속이라면, 맨브라암의 후손은 마족의 가호를 받는 족속이 맞으니까.

칸트는 순순히 잘못을 인정했다.

"지난번에는 제가 너무 실례했던 것 같습니다. 지나치게 무례를 범했던 점은 죄송합니다."

블랙은 또 깜짝 놀랐다.

'아무리 힘에서 격차가 느껴졌다고 해도……. 칸트가 허리를 숙이다니?'

칸트와 오랜 세월 함께했지만, 칸트가 허리를 저토록 숙이는 건 처음 본다. 죽으면 죽었지 허리를 굽히지는 않는 남자인데.

'데미안과 만남을 통해 절대악을 인정하겠다는 뜻인가?'

아무래도 그런 것 같았다. 맨브라암의 정통 후계자라고 인정하는 것 같았다. 다시 말해, 칸트와 블랙이 섬겨야 할 왕으로 인정하는 셈이다.

블랙이 귓말을 보냈다.

-절대악을 이대로 인정할 건가요?

-맨브라암의 진정한 후손이 아니라면, 이 급의 마족과 성공적인 계약을 할 수도 없었겠지. 마족이 이 정도로 도움을 주고 있는 거라면 피의 맹세를 했을 확률이 높아.

-아무리 그래도. 너무 쉽게 가는 거 같은데…….

칸트가 씨익 웃었다.

-마지막 시험은 내가 하는 게 아니잖아.

사실상 자신이 하려던 시험은 그저 절대악의 기개와 배짱을 보려던 것뿐이었다. 그것 자체는 큰 의미가 없었다.

-진짜 시험은 신의 불꽃이 내릴 테니까.

데미안에게 두들겨 맞았지만, 기분은 나쁘지 않았다. 오히려 좋았다. 절대악의 힘을 조금이나마 엿볼 수 있었던 것 같았다.

'과연⋯⋯.'

우리들의 진정한 왕이 되어줄 것인가.

'신의 불꽃이 판단하겠지.'

칸트가 말했다. 그의 태도는 더없이 정중했다.

"이곳에서 겸손하게 왕을 기다려도 되겠습니까?"

한주혁은 올림푸스에 접속했다. 때마침 제1장로 룩소에게서 연락이 왔다.

-칸트가 푸르나를 찾았습니다. 데미안에게 패배하여 푸르나에서 대기 중입니다. 영상을 전송하겠습니다.

한주혁은 데미안과 칸트 사이에 있었던 일을 영상으로 전해받았다.

"역시 데미안이네."

데미안은 데미안이다. 시스템이 말하는 '종족 값'이 다른 마족. 인간보다 훨씬 높은 종족 값을 가진 마족인데, 그 종족 값자체가 거의 MAX 상태에 도달해 있는 최상위 마족다웠다.

"조금 더 패도 될 뻔했는데."

칸트의 태도가 더없이 정중해진 것과는 별개로, 약간의 아쉬움은 남았다.

'어쨌든 당장 내게 덤벼들거나 하지는 않겠어.'

혹시 몰라 데미안을 대기시켰다. 아직 모든 상태가 '불안정' 상태다. 이 상황에서 급작스럽게 힘을 끌어올린다거나 예상치 못한 돌발 상황에 돌입하게 되면 좋지 않다.

-알겠다. 푸르나로 이동하겠다.

한세아에게도 귓말을 넣었다.

-루나. 푸르나로 이동해.

-잠깐만. 나 이제 마지막일지도 모르는데. 몇 마리만 사냥 좀 하고 갈게!

한주혁도 그 정도는 이해해 주기로 했다.

-20분 준다. 너 좌표 불러. 주랑 씨 보낼 테니까.

그날 '잿빛 마도사의 위엄'이라는 제목으로 영상들이 수백 건이 올라왔다. 마치 내일이 마지막인 사람처럼, 광역 사냥에 집중하고 있는 잿빛 마도사의 모습이 잡혀 있었다.

어쨌든 대단위 광역 사냥을 끝마친 잿빛 마도사 루나가 푸르나에 모습을 드러냈다. 성문을 통과해서 영주 성에 진입했다.

"오빠. 나 왔…… 응?"

영주 성 내. 응접실에는 블랙과 칸트. 그리고 데미안까지 있었다.

"내 최후가 이렇게 장렬할 줄이야."

제국이 뒤쫓는 대도 블랙. 그리고 제국에 심각한 위협을 야기하고 있는 젊은 영웅 칸트. 마계 서열 1위의 데미안. 거기에 더해 룩소와 시르티안까지.

"근데 왜 굳이 여기서 이러고 있는 거야?"

"여기가 비교적 안전하니까."

블랙과 칸트는 운신이 자유롭지 않다. 제국이 뒤쫓고 있다.

"오히려 위험한 거 아니야? 블랙과 칸트가 함께하고 있다는 것이 밝혀지면 제국이 오빠를 공적으로 선포할 텐데?"

블랙이 호호 웃었다.

"걸릴 것 같았으면 진작에 걸렸겠죠. 저희를 뭘로 보시는 건가요? 저 블랙이에요, 블랙."

한세아는 오빠가 자신을 이쪽으로 부른 이유를 알 것 같았다.

"저번에 쟤가 펼쳤던 특수 필드를 펼치려는 거지? 루마니안 연무장이었던가?"

칸트의 눈썹이 움찔거렸다. 칸트 님도 아니고, 칸트 씨도 아니고. 칸트도 아니고 쟤라니. 한세아는 그 눈빛을 읽었지만 개의치 않았다.

'어차피 죽을 몸.'

오빠를 시험한다느니 어쩐다느니, 굉장히 건방진 태도였던 NPC를 딱히 존중하고 싶지 않았다. 아 몰라. 될 대로 돼라.

한주혁이 고개를 끄덕였다.

"맞아. 루마니안 펜던트를 써서 널 죽일 거야. 이왕 죽일 거. 빨리빨리 한자리에서 죽여 버려야지."

칸트가 펼치는 아공간. 새로운 필드이자 특수한 PVP 필드인 '루마니안 연무장'. 그곳에서는 한 번의 부활이 보장된다.

"그곳이라면 한자리에서 두 번 죽이는 게 가능하니까."

"안 아프게 부탁해."

"원래 안 아프잖아."

"그냥 왠지 오빠 스킬은 아플 것 같아."

한주혁이 한세아 앞에 섰다. 한편으로는 미안하고, 또 한편으로는 고마웠다. 자신의 캐릭터가 지워질 수도 있다는 것을 감안하고서 먼저 제안하기란 쉽지 않다. 한주혁은 그걸 잘 알고 있다.

'고마워.'

하지만 낯간지러워서 그 말은 하지 않았다.

'책임은 져줄게.'

1일 1닭이 아니라, 1일 1치킨 가게를 사줄 수도 있다. 아주 만약에, 최악의 경우 7번 성좌가 델리트된다면 여생을 놀고먹으면서 보낼 수 있도록 그가 할 수 있는 최선의 지원을 다할 거다.

'어차피 델리트 안 되겠지만.'

그래도 동생은 불안할 거다. 자신의 캐릭터를 걸어야 하는 거니까. 한세아가 다시 말했다.

"나 마음의 준비 다 됐어. 살살 부탁해."

한주혁이 고개를 끄덕였다.

'세아를 두 번 죽이면······.'

아마도 '절대악 VS 7개의 성좌' 퀘스트가 마무리될 거다. 카운트 횟수가 남은 사람이 7번 성좌뿐이니까. 한주혁의 절대악 플레이 초창기부터 이어왔던 메인 퀘스트 중 하나.

'분명 큰 변화가 있을 거다.'

한세아를 쳐다봤다.

'물론 괜찮겠지.'

동생을 이용하기만 하는 것 같아 조금 미안한 느낌이 없지 않아 있었지만, 그래도 델리트가 되지 않을 거라고 확신 아닌 확신을 하고 있다.

'루마니안 연무장의 특수 효과.'

그것을 통한 1회 부활.

'그리고 여벌의 목숨 권능을 통해 다시 한번 부활.'

한세아에게는 남을 부활시켜줄 수 있는 부활 권능과 더불어, 자신의 목숨을 한 번 되살릴 수 있는 '여벌의 목숨' 권능이 따로 있으니까.

페널티를 받을 수는 있겠지만 델리트되지는 않을 거다. 한세아는 너무 긴장하고 있는 나머지 그 사실조차 잊고 있는 것 같긴 했지만 그걸 굳이 말해주지는 않았다.

"오케이. 한 방에 끝낼게."

너무 큰 스킬은 부담이 될 수 있다. 현재 몸 상태가 너무 안 좋다. 그래서 가볍게 백참격을 사용했다.

-7번 성좌를 사살하였습니다.

전투 결과창이 업데이트되었다. 다행히 그 한 번이 사살로 인정되었다.

-루마니안 연무장의 특수 효과로 인하여 플레이어가 부활합니다.

한주혁이 다시 한번 백참격을 사용했다. 7번 성좌가 또다시 사망했다.

-7번 성좌를 사살하였습니다.
-7명의 성좌를 모두 사살하는 데에 성공하였습니다.
-위대한 업적을 달성하였습니다.
-퀘스트. '절대악 VS 7개의 성좌'를 클리어하였습니다.

그와 동시에 또 다른 알림이 이어졌다.

8장
혼돈수의 씨앗

-랜튼의 깃털이 보상으로 주어집니다.

한주혁은 그 이름을 듣자마자 감을 잡을 수 있었다.

'이건 무조건 세계 12대 초인의 아이템이다.'

무려 신급에 달하는, 한주혁이 플레이를 하는 데에 있어서 매우 중요한 역할을 하는 아이템. 분명히 세계 12대 초인의 아이템일 것이 틀림없었다.

-마지막으로 사살한 성좌를 확인합니다.

-마지막으로 사살한 성좌는 '잿빛 마도사'입니다.

마지막으로 사살한 성좌는 다름 아닌 한세아다. 마지막 순간에 업데이트된 전투 결과창에는 사살 횟수가 사라진 1번 성좌. 그리고 7번 성좌 루나만이 남았다.

<전투 결과>

1. 1번 성좌 루펜달
2. -
3. -
4. -
5. -
6. -
7. 7번 성좌 루나 (3/3)-보상 확인

쟷빛 마도사인 루나를 마지막으로 죽인 것이 하나의 조건을 만족시켰다.

-마지막으로 사살한 성좌의 속성을 파악합니다.
-마지막으로 사살한 성좌에 따라 '절대악 vs 7개의 성좌' 퀘스트의 보상이 달라집니다.
-히든 피스. '혼돈의 조각'을 만족시켰습니다.

운이 좋았다. 마지막으로 죽인 사람이 한세아다. 쟷빛 마도사. 이것 자체가 하나의 히든 피스였던 것 같다.

'성좌들을 죽이는 순서도 중요했던 것 같다.'

만약 한세아가 아닌 다른 성좌를 마지막으로 죽였다면.

'그러면 다른 히든 피스가 만족되었을까?'

그렇지 않을 것 같다. 한세아만 굳이 '잿빛 마도사'라는 이름으로, 성좌와 절대악 사이의 어중간한 포지션을 가지고 있지 않은가.

'뭐 어찌 됐든.'

뭐가 어찌 됐든 히든피스를 만족시킨 건 좋은 거다. 그에 따른 보상이 주어졌다.

-퀘스트. '절대악 vs 7개의 성좌'의 보상으로 '혼돈수의 씨앗'이 주어집니다.

그사이, 한세아는 부활했다.

"어, 맞다! 오빠! 나 부활 권능 한 번 있었잖아? 나 안 죽었네?"

"알아."

한주혁은 귀찮다는 듯 손을 내저었다.

"아싸! 나 델리트 안 됐다! 오예! 개이득!"

델리트도 안 됐고 페널티도 딱히 없는 것 같다. '성좌'의 직위가 박탈되었을 뿐. 대부분의 것들이 전과 같았다.

'여벌의 목숨이 사라진 건 아쉽지만.'

권능이 사라진 것은 아쉽지만 그래도 괜찮았다.

'오빠의 표정을 보면······ 분명 뭔가 중요한 걸 얻고 있는 것 같은데.'

모르긴 몰라도 폭풍 같은 알림이 이어지고 있을 것 같다.

'7개의 성좌 퀘스트가 완료된 것 같은데······.'

오빠가 예전부터 줄기차게 진행해 왔던 대퀘스트. 그 대단 원의 막을 내리는 것 같다.

블랙이 호기심을 참지 못하고 물었다.

"뭘 얻었어요? 이제 루마니안 연무장을 없애도 되는 건가요?"

그때, 칸트가 팔을 들어 블랙을 제지했다. 가만히 있으라는 뜻이다. 칸트는 느낄 수 있었다.

'기분 나쁜 힘이 느껴진다.'

그 실체를 정확하게 알 수는 없지만, 그 크기가 굉장히 강대 했다.

'그리고······.'

역시 뭔지는 모르겠지만 큰 힘을 가진 무엇인가가 느껴졌다.

'두 개의 보상을 얻은 것 같다.'

하나는 굉장히 혐오스러운 보상. 또 하나는 강대한 힘을 가진 보상. 칸트의 오른쪽 가슴에 새겨진, 흉터가 화끈거렸다.

'절대악. 뭘 얻은 거냐?'

칸트는 알고 있다. 이 흉터가 반응한다는 것은, '신의 불꽃'이 반응하는 무엇인가가 생겼다는 소리다.

한주혁은 인벤토리를 열었다.

<랜튼의 깃털>

세계 12대 초인 중 한 명인 랜튼이 최상급 성족 라리엘에게 선물 받은 8번째 날개의 깃털.

등급: 신

사용 횟수: 3회

+상세설명

한주혁의 예상대로 세계 12대 초인의 아이템이 맞았다.

-파천심공이 외부의 자극에 반응합니다.

한주혁은 하마터면 피를 토할 뻔했다. 지금 가까스로 몸의 균형을 맞추고 있는 상태다. 그런데 파천심공이 갑자기 발작하면서 밸런스가 완전히 무너질 뻔했다.

'휴.'

한주혁은 랜튼의 깃털을 살펴보았다.

'파천심공이 저절로 반응할 정도의 강력한 성력.'

그러한 성력이 느껴질 법도 했다. 몇 번이고 이름을 들었던 '라리엘'의 8번째 날개에서 뽑아낸 깃털이라고 했으니까.

<상세설명>

성족을 이끄는 4명의 천사 중 한 명. 라리엘의 깃털입니다. 성력이 높은 밀도로 담겨 있는 8번째 깃털에 라리엘이 스스로의 생명을 불어넣었습니다. 라리엘의 깃털은 라리엘의 인정을 받았던 랜튼에게 주어졌으며, 랜튼은 이 깃털을 사용하여 라리엘을 소환할 수 있었다고 전해집니다.

한주혁은 이 '랜튼의 깃털'이 무엇인지 정확하게 파악했다.

'진짜 라리엘을 소환할 수 있는 깃털.'

사용 횟수는 3회.

'성좌들에게 이 아이템들이 들어갔다면……'

악 속성의 힘을 혐오하는 성족에 의해 죽었을 거다. 아마 높은 확률로 델리트되었을 거다. 절대악에게 데미안이 있다면, 성좌에게는 라리엘이 있었던 것 같다.

'그리고 이 혼돈수의 씨앗은……'

무려 7개의 성좌 퀘스트를 클리어하고 얻은 아이템이다. 여태까지 한주혁이 클리어해 왔던 퀘스트 중, 규모와 시간으로 치자면 가장 크고 오래 걸렸다.

'이게 뭐지?'

<혼돈수의 씨앗>

모든 힘을 아우르는 세계수. 신화에 따르면 우주 전체가 이 세계수로부터 시작되었다고 합니다. 이 씨앗은, 악의 근원에 따라 싹을 틔우고 성스러운 빛으로 성장하는 '혼돈수'가 잠들어 있는 씨앗입니다. 혼돈수의 씨앗이 발아하는 데에는 억겁에 가까운 시간이 걸린다는 전설이 전해집니다.

설명이 조금 애매했다.

'악의 근원에 따라 싹을 틔우고…… 성스러운 빛으로 성장한다라.'

한세아의 성질과 비슷한 느낌이다. 악 속성도 아니고 성 속성도 아니고. 그 중간 즈음의 애매한 느낌.

'지금은 잘 모르겠지만…… 뭔가 결정적인 역할을 할 것 같은데.'

그런 느낌이 들었다. 억겁에 가까운 시간이 든다는 저 마지막 문장이 많이 찝찝하기는 했지만 말이다.

칸트가 말했다.

"보상은 모두 살펴보셨습니까?"

데미안과의 만남 이후로, 칸트의 말투가 많이 공손해졌다. 아직 왕으로 인정한 것은 아니지만, 그래도 예의는 차리는 듯했다.

한주혁은 고개를 끄덕이며 말했다.

"얼굴색이 많이 안 좋은 것 같은데."

"정확히 보셨습니다. 시간이 별로 없으니 빠르게 말을 잇겠습니다."

칸트가 한 차례 숨을 들이마신 뒤, 속사포처럼 말을 쏟아냈다.

"제 오른쪽 가슴에는 신의 불꽃이 자리 잡고 있습니다. 이 불꽃은 성 속성과 대항할 때에 강제적으로 힘을 일으킵니다."

한주혁은 저게 무슨 말인지 이해할 수 있었다. 한주혁이 이번에 얻은 보상인 '랜턴의 깃털'이 성 속성의 힘을 지나치게 많이 갖고 있어서, 신의 불꽃이라는 것이 반응하기 시작한 모양이다.

"이 힘은 제가 태어날 때부터 봉인되어 있던 힘입니다. 성 속성의 모든 재앙으로부터 저를 지켜주는 힘이기도 합니다."

성 속성으로부터 칸트를 지켜주는 힘을 가지고 있다. 그런데 그 불꽃은 단순히 그런 힘만을 가지는 게 아니었다.

"또한 저희들의 왕을 판단하는 데 쓰이는 힘이기도 합니다. 본래는 적당한 시기에. 미리 양해를 구하고 사용하려고 했습니다만."

"지금은 자기 혼자 발작해서 어쩔 수 없다?"

"그렇습니다."

지금 억누른다고 억누르고는 있지만, '신의 불꽃'이 자꾸만 몸 밖으로 빠져나와 폭발할 것만 같다.

'위험해.'

만약 '신의 불꽃'이 판단하기에 절대악이 왕의 자질을 가진 사람이 아니라면.

"왕의 자질을 가지지 않은 자가 심판대에 올라서면 그 즉시 사망합니다."

한주혁은 다시 한번 칸트의 안색을 읽었다.

'일은 이미 돌이킬 수 없어.'

돌이킬 수 없는 상황인 것 같다. 칸트의 이마에서는 땀이 비오듯 쏟아졌다. 이미 거의 한계에 이른 것 같다.

'올림푸스의 시나리오가 내게 말하고 있다.'

한주혁. 그 자신이 젊은 영웅 칸트와 악 속성의 대표하는 이들의 왕이 될 거라고.

'여태까지의 모든 상황들이……. 결국 내가 에르페스와 대적하고 새로운 세계를 이끌어갈 거라고 가르쳐 주고 있어.'

이 정도로 알려줬는데, 저런 말에 겁먹으면 이상한 것 아니겠는가.

"칸트. 나를 믿어라."

"……."

한주혁은 알고 있다. 이런 상황에 맞는, 그러니까 상대가 원하는 대군주의 상. 왕의 상이 있다. 그대로 행동하고 움직이는 데 익숙했다. 비교적 자연스럽게 말했다.

"내가 너희의 왕이 되어주겠다."

칸트는 순간 자신의 귀를 의심했다. 자신의 할아버지가 했던 말이 떠올랐다.

"칸트. 이후에 우리를 이끄실 왕을 지나치게 논리적으로, 또 이성적으로 분

석하려 듣지 말거라. 왕은 왕이시다. 그분은 스스로에 대한 확신이 가득
차 있는 분이시며, 그 확신으로 우리를 밝은 길로 인도하실 것이란다.

예언자라 불렸던 할아버지다. 할아버지가 말했던 '스스로에
대한 확신이 가득 차 있는 분'이라는 그 말이 다시금 떠올랐다.
심장이 쿵쿵대기 시작했다.

'절대악은…… 지금 신의 불꽃을 느끼고 있을 거다.'

악 속성을 가진 이라면 경외할 수밖에 없는 이 힘. 태어날
때부터 내재되어 있던 이 힘. 한번 발작하기 시작하면 스스로
컨트롤할 수 없는 절대적인 힘. 이 힘을 절대악도 분명히 느끼
고 있을 텐데.

'비록 자질을 가졌다 할지라도 열기를 버티지 못하면 죽는
다. 이 힘은…… 위험해.'

하지만 한계다. 더 이상 몸 안에 '신의 불꽃'을 가두어놓을
수 없었다.

"이제 한계입니다. 죄송합니다."

몸속에서 튀쳐나가려는 이 힘을 개방하기로 했다. 그와 동
시에 한주혁의 몸에서 검은색 불꽃이 피어오르기 시작했다.

한주혁은 따뜻하다고 느꼈다.

'신의 불꽃이라는 이름에서부터……'

거기서부터 느낌이 왔다. 한주혁은 애초부터 '불'과 밀접한

관련을 가진 클래스를 키워왔다. 그리고 결국 여기까지 온 한주혁은 위대한 아이템도 하나 가지고 있다.

-인페르노 커플링이 반응합니다.

불길에 휩싸이는 경험. 그렇게 새로운 경험은 아니다. 제단에서 세차게 타오르는 불꽃 속에도 들어가 봤다.

-신의 불꽃이 왕의 자질을 판단합니다.
-신의 불꽃 안에서 버티십시오.

버티는 것이 그렇게 어렵지 않았다. 조금 덥다 싶을 뿐. 신의 불꽃이 '신급'에 해당하는 불꽃이라면, 한주혁이 가지고 있는 인페르노 커플링도 신급에 해당한다.
'거기에 더해……'
인페르노 커플링의 도움을 받는 것과 동시에.

-혼돈수의 씨앗이 강력한 불의 기운에 반응하기 시작합니다.
-혼돈수의 씨앗이 신성한 불의 기운을 흡수하기 시작합니다.

한주혁의 인벤토리 내에서 변화가 있었다. 일차적으로 인페르노의 커플링이 한주혁을 침범하는 화기(火氣)를 차단하면서

'혼돈수의 씨앗'이 신의 불꽃을 흡수했다.

'어라……?'

이건 기회라고 할 수 있었다. 지금 타이밍에 불꽃을 흡수하는 씨앗이라니.

'분명 설명에 억겁의 시간이라는 게 있었지?'

일반적인 방법으로는 엄청나게 오래 걸리는데.

'혹시 혼돈수의 씨앗을 빠르게 발아시키는 조건이 이 신의 불꽃인가?'

설명을 떠올렸다.

-악의 근원에 따라 싹을 틔우고 성스러운 빛으로 성장하는.

악의 근원. 그것을 이 검은색 불꽃이라고 볼 수 있지 않겠는가. 올림푸스는 계속해서 말해왔었다.

절대악을 상징하는 것이 바로 이 '검은 불꽃'이라고.

이 검은 불꽃이 바로 '악의 근원'에 근접한 힘. 그리고 그 힘이 '혼돈수의 씨앗'을 자극하기 시작했다.

칸트가 눈을 크게 떴다.

'어?'

느낌이 이상했다.

'이건 뭐지?'

여태껏 단 한 번도 경험해 보지 못했던 일이, 에르페스를 상대하면서도 경험하지 못했던 말도 안 되는 일이 그의 눈앞에서 벌어지기 시작했다.

칸트는 오른쪽 가슴을 부여잡았다.

'신의 불꽃이……!'

자신의 몸 안을 가득 채우고 있던 신의 불꽃이 사라지기 시작했다.

'이럴 수가.'

칸트는 자신이 오래 살지 못할 것을 알고 있었다. 신의 불꽃은 에르페스로부터 자신을 지켜주는 힘이기도 했지만, 또 자신의 생명을 갉아먹는 힘이기도 했다. 아무리 기운을 잘 다스리며 살아간다고 해도, 원래대로라면 40세 이전에는 죽어야 했다.

'봉인되어 있던 힘이…… 사라지고 있다.'

그 힘을 절대악이 먹어치우고 있는 것 같다.

'아니.'

절대악이 먹어치우는 게 아니다. 신의 불꽃에 내재되어 있는 힘은 사람이 받아들일 수 있는 게 절대로 아니다.

'그러면 도대체……'

칸트는 발견할 수 있었다.

"저건……!"

한주혁의 손바닥을 중심으로 검은색 소용돌이가 생겼다. 불꽃이 소용돌이치며 하나의 회오리를 만들어냈다. 씨앗같이 생긴 것이 스스로 신의 불꽃을 먹어치우고 있었다. 눈으로 보고 있지만 믿기 힘들었다.

'씨앗이 신의 불꽃을 흡수한다고?'

저 씨앗은 도대체 뭐란 말인가. 어떻게 신의 불꽃을 흡수한단 말인가.

'게다가.'

절대악의 모습이 상당히 평안해 보였다. 그 흔한 땀 한 방울조차 흘리지 않았다.

'몸속에 봉인되어 다스려지고 있을 때에도 나를 괴롭히던 힘인데.'

그런 힘인데 절대악은 아무렇지도 않아 하고 있다. 왕의 자질을 분명히 갖추고 있다는 증거다.

'왕의 자질을 갖추고 있다고는 해도…… 저렇게 평안할 수는 없다.'

그렇다는 말은 단순히 왕의 자질을 갖춘 정도가 아니라, 그 수준을 훨씬 뛰어넘었다는 얘기가 된다. 절대악이 '나를 믿어라'라고 말했던 것이 허언이 아니었다.

'절대악.'

그는 마음속으로부터 인정할 수밖에 없었다.

'우리의 왕이 되실 분.'

신의 불꽃 속에서 저렇게 자유로운 사람은 처음 본다. 괴로움 자체를 느끼지 않고 있다. 뿐만 아니라 자신의 생명을 갉아

먹던 힘마저도 없애고 있다.

한주혁이 의도적으로 활성화시킨 것도 아닌데, 칸트에게 알림이 들려왔다.

-충성 서약을 맺으시겠습니까?

칸트는 무엇인가에 홀리기라도 한듯 충성 서약을 맺었다.

-44,321번째로 서약을 맺었습니다.

칸트 자신과 절대악 사이에 주종 계약이 성립되었다는 정보가 머릿속에 입력되었다.

'드디어……'

드디어 찾았다. 왕을 찾았다. 이날을 위해 세력을 일으키고, 제국과 맞서 싸울 힘을 키워왔다.

칸트가 입을 열었다.

"블랙. 드디어 찾았다."

"뭘요?"

"왕의 자질을 갖춘 자, 아니, 이미 왕의 자리에 어울리는 자를."

"신의 불꽃이 인정한 거예요? 대장치고 너무 쉽게 인정하는데……?"

"신의 불꽃이 허락하지 않았다면…… 절대악은 불꽃에 닿는 순간 녹아내렸을 거다. 여태까지 그래왔던 것처럼."

신의 불꽃에 항거할 수 있는 힘은 없다. 적어도 칸트가 경험한 바에 따르면 그랬다.

"그런데 저 모습을 보면……."

"아무렇지도 않아 보이네요."

블랙이 보기에도 그랬다. 절대악의 자질은 이미 충분히 입증되고도 남았다.

"우리는 이제 절대악을 받들어, 새로운 세계를 건립해야 한다."

블랙이 어깨를 으쓱했다. 칸트의 눈에 눈물이 조금 고인 게 보였다. 블랙은 그 눈물을 모른 척하고서 절대악에게로 시선을 옮겼다.

'대단하긴 대단하네.'

신의 불꽃에 아무런 타격을 입지 않은 것도 그렇지만, 또 저 불꽃의 힘을 흡수까지 하고 있다. 소용돌이치고 있는 신의 불꽃. 저것은 하나의 거대한 회오리가 되어 이곳, '루마니안 연무장'의 천장을 뚫어버릴 것처럼 세차게 타올랐다.

'저게 뭐지?'

훔쳐보고 싶었다.

절대악 손바닥 위에 올려진, 씨앗 형태의 아이템. 그곳에서 자그마한 식물 하나가 자라는 게 보였다. 크기는 끽해야 10㎝가량.

"어디 한번……."

정보를 알아보려 했다. 블랙의 특수 능력이다. 보고자 하면

볼 수 있다. 한주혁이 가진 심안과는 약간 다른 형태지만, 어쨌든 그녀도 이 능력을 '심안'이라고 불렀다.

-심안을 사용합니다.

"으악!"

블랙이 순간 자신의 두 눈을 부여잡고 뒤로 물러섰다. 칸트가 재빨리 블랙을 부축했다.

"왜 그래?"

블랙은 눈을 뜨지 못했다.

"방금. 나 눈 멀어버릴 뻔했어요. 진짜 조금이라도 늦었으면 나 장님 됐을 거야."

"뭘 했길래?"

"절대악의 손에 놓인 씨앗이 궁금해서 좀 살펴보려고 했죠."

블랙은 눈을 비비면서 조심스레 눈을 떴다. 앞이 뿌옇게 보였다.

"시력이 정상이 아니네."

"괜찮아?"

영구적으로 시력을 잃은 건 아닌 것 같았다.

"시간 조금 지나면 괜찮아질 것 같기는 해요. 그런데 도대체 저게 뭔데…… 아예 볼 수조차 없도록 설정됐죠? 이렇게 강렬한 기운은 에르페스 황궁의 보물 창고에서도 보지 못했는데……."

겨우 싹이 조금 난 씨앗 주제에. 뭐가 이렇게 거창하단 말인가.

그때, 칸트가 말했다.

"블랙. 언제까지 안겨 있을 거지?"

"……."

블랙이 얼른 몸을 일으켰다. 어느덧 시력도 정상으로 돌아왔다.

"블랙. 에르페스 황궁에서 획득한 전리품들. 갖고 있나?"

"갖고 있죠."

"준비해."

"왜요?"

"이제 우리의 왕이 되실 분께. 그것들을 드려야 하니까."

순간, 바람이 세게 불었다. 보통 사람들이라면 두 발을 땅에 딛고 서 있기도 힘들 정도의 세찬 바람이었다.

후우웅-!

그 바람과 동시에 칸트의 몸에 내재되어 있던 '신의 불꽃'이 전부 사라졌다.

그때 한주혁에게 알림이 들려왔다.

-'혼돈수의 씨앗'이 발아되었습니다.
-'혼돈수의 씨앗'이 '발아된 혼돈수의 씨앗'으로 변경됩니다.

한주혁은 몸을 부르르 떨었다.

'이 느낌은……'

상당히 이상한 느낌이 들었다. 아까 전까지는 굉장히 불안정했었다. 넘치는 마기가 당장에라도 폭발할 것만 같은 느낌이었었다. 그런데 그 느낌이 사라졌다. 스탯창을 열어봤다.

＜스탯창＞

　(1) 힘: ?

　(2) 민첩: ?

　(3) 체력: ?

　(4) 지능: ?

　(5) 행운: ?

　(6) H/P: ?

　(7) M/P: ?

　……

불안정으로 변했던 것이 이번에는 '?'로 변했다.

'이게 뭘 의미하는 거지?'

원래 4대 스탯이 각각 194였다. 그리고 행운 수치는 43. 그모든 것들이 '?'로 변했다.

'내 H/P랑 M/P도……'

원래 절대량이 약 3,600가량이었었는데 그것마저도 '?'가 됐다. 한주혁은 잠시 눈을 감고서 자신의 상태를 느껴봤다.

'그때의 그 기분은 아니야.'

켈트의 진정한 유산에서 '심검'을 얻고, 종족 값을 아득히 초월한 뒤 카르티안의 정수를 먹었을 때. 그때의 그 느낌은 확실히 아니었다.

'그렇지만 불안정 상태일 때보다는 훨씬 좋아.'

'?'로의 변화는 바로 '발아된 혼돈수의 씨앗'의 아이템 효과 때문이었다.

<발아된 혼돈수의 씨앗>

억겁의 시간을 지나 싹이 튼 혼돈수의 씨앗입니다. 혼돈수의 씨앗이 자연적으로 발아된 확률은 약 7천억 분의 1입니다. 7천억 분의 1. 우주의 섭리를 통하여 발아된 혼돈수의 씨앗은 근본적으로 '조화'를 추구하며 '본질을 탐구'하는 속성을 가지고 있습니다.

알림이 들려왔다.

-발아된 혼돈수의 씨앗이 권능. '본질을 탐구하는'을 발동합니다.
-발아된 혼돈수의 씨앗이 권능. '조화'를 발동합니다.

한주혁은 왜 자신의 '불안정' 스탯이 '?'로 변했는지 알 수 있었다.

'아…… 그래서 이렇게 된 거구나.'

발아된 혼돈수가 가지고 있는 권능. '본질을 탐구하는'을 통해 정보가 전해졌다.

'지금 내 몸에는 지나치게 악의 힘이 강해.'

종족 값을 초월하여 카르티안의 정수를 먹어치웠다. 자신의 몸으로는 그 기운을 컨트롤할 수가 없다.

'그래서 혼돈수의 씨앗이 내 힘을 강제적으로 억누르면서……'

가능한 한도 내에서 몸의 조화를 이루도록 강제하고 있다. 그러나 이건 어디까지나 임시방편일 뿐.

'결국 제대로 된 조화를 이루기 위해서는……'

성 속성의 힘이 필요하다. 카르티안의 정수와 버금가는, 그 정도의 힘이 담겨 있는 어떤 것이 필요하다. '본질을 탐구하는'을 통해 알게 되었다.

'성족에게도 성족의 정수가 있구나.'

성족 혹은 천사라 불리는 이들에게도 성족의 정수가 존재한다.

'내게는 그게 필요해.'

그게 없으면 제대로 된 각성을 하기가 어렵다. 카르티안의 힘을 제대로 얻었을 때. 절대자의 힘을 느껴봤었다.

'마족의 정수. 그에 반하는 성족의 정수.'

그냥 단순히 그것을 섭취했을 때에는 체내에서 폭발이 일어날 수도 있다. 두 개의 반대되는 강력한 힘이니까.

'하지만.'

한주혁이 또다시 씨익 웃었다. 제삼자가 보기에는 마치 미친 사람처럼 말이다.

'이제는 완전히 달라지겠지.'

알림이 계속해서 이어졌다.

-조화의 권능에 의하여 체내의 힘들이 조화를 이루기 시작합니다.

-절대악 아서와 적대악 앤서의 능력이 통합됩니다.

-'발아된 혼돈수의 씨앗'의 권능으로 절대악 아서와 적대악 앤서의 능력이 자연스레 혼합됩니다.

한주혁의 클래스가 통합되었다. 절대악과 적대악. 그 두 개의 클래스가 통합되어 '절대자'로 변했다.

'대박이다.'

이전에는 절대악과 적대악은 따로따로였다.

같은 계정 내에 두 개의 캐릭터가 따로 있는 개념에 가까웠다. 그런데 이제는 아니었다.

'이제는 같은 캐릭으로 플레이가 가능해. 내가 자연스럽게 선택해서.'

궁금증을 더 이상 참지 못한 한세아가 물었다.

"오빠. 도대체 뭔데? 왜 오빠한테서 느껴지는 느낌이 달라졌어? 아. 이걸 뭐라고 해야 되지? 바뀌었는데, 분명."

"나 젊대악 됐다."

"그게 뭔 소리야?"

"두 클래스 통합. 근데 표면적으로 보이는 건 자유롭게 바꿀 수 있어."

"예전에도 자유롭게 바꿨잖아?"

한주혁이 피식 웃었다. 오늘은 기분이 좋다. 동생에게도 너 그러워졌다. 친절하게 예까지 들어가며 설명해줬다.

"잘 봐. 옛날에는 내가 짜장면이 먹고 싶으면 짜장면을 시키고, 짬뽕을 먹고 싶으면 짬뽕을 시켰겠지?"

절대악을 하려면 절대악으로 플레이해야 했고, 적대악으로 하려면 적대악으로 플레이해야 했다.

플레이 주체는 한주혁이지만 어쨌든 두 클래스는 분명 다른 신분이고 다른 캐릭터였다.

"엥……?"

갑자기 무슨 짜장면과 짬뽕이란 말인가. 한세아는 고개를 갸웃했지만 일단 듣기로 했다.

"근데 이제는 짜장면과 짬뽕이 하나야."

"그럼 짬짜면이야?"

"아니. 그런 개념이 아니라니까. 짜장면인데 짬뽕이고, 짬뽕인데 짜장면이야. 내가 먹고 싶은 대로 느낄 수가 있는 거야."

"엥? 그게 말이 돼? 짜장면은 짜장면이고 짬뽕이면 짬뽕이지."

"그게 말이 돼."

원래는 말이 안 되는 얘기다. 어떻게 짜장면과 짬뽕이 같단 말인가.

"지금의 내 상태를 말하자면, 탕수육을 먹어도 짜장면이라고 느낄 수 있고 짬뽕이라고 느낄 수 있어. 내가 선택한 대로. 겉으로 보이는 것들은 아무 상관이 없다는 얘기야."

한세아는 대충 이해했다. 오빠의 짜장면과 짬뽕 설명이 그다지 훌륭한 예시는 아니라고 생각했지만 이해하는 것은 어렵지 않았다.

한세아가 밝게 웃었다.

"모르겠고."

다른 건 모르겠는데.

"짊대악인 건 알겠다."

뭐가 어찌 됐든 절대악과 적대악이 대단히 긍정적인 방향으로 통합되었다는 것 아니겠는가.

그런데 그때. 칸트와 블랙이 한주혁 앞에 무릎을 꿇었다.

"왕께 선물을 바치려 합니다. 이날을 위해 저희는 기다리고 또 기다렸습니다."

"……."

한주혁이 무릎 꿇은 칸트와 블랙을 쳐다보았다.

이런 상황, 익숙하다. 제법 근엄한 척. 카리스마 넘치는 척

둘을 내려다보았다. 블랙의 손에 아이템 두 개가 들려 있었다.

'이날을 위해 기다려 왔다라.'

세계 12대 초인의 또 다른 아이템? 아니면 신급에 준하는 훌륭한 아티팩트? 블랙 스톤에 버금가는 보물?

'뭐지?'

그런데 그런 게 아니었다. 블랙의 손바닥에 올려져 있는 아이템을 본 한주혁의 눈이 커졌다.

'이건 설마.'

9장
마계와의 교역

한주혁은 두 가지 아이템을 한눈에 알아봤다.

'성족의 증표?'

구슬 형태의 아이템. 저건 성족의 증표다.

'진짜네?'

하나 남은 성족의 증표를 어디서 어떻게 구할지, 고민 중이었는데 이게 저절로 굴러들어 왔다.

'이야.'

이로써 성족의 증표 3개를 구했다. 성족의 증표 3개가 있으면 이제 황금사자상을 찾으면 된다.

'그 위치가 칙서에 저절로 표시된다고 했었는데.'

아주 좋다. 그런데 조금 이상한 점이 있다.

"블랙. 황궁에서도 이 성족의 증표가 사라진 것을 알고 있나?"

황궁에서 성족의 증표가 사라진 것을 미리 알았다면, 블랙과 언젠가 연관점이 있을지도 모를 절대악에게 이런 조건을 내걸지는 않았을 거다.

'애초에 3개가 불가능한 미션이라고 생각했던 거겠지만……'

일단 불가능한 게 맞기는 하다. 일반적인 플레이어가 마족 카르티안을 죽일 수도 없을뿐더러, 그 카르티안이 성족의 증표를 갖고 있을 거라고는 그 누구도 상상할 수 없을 테니까.

"갑자기 그건 왜요?"

"황궁이 나한테 성족의 증표 3개를 구하라는 칙서를 내렸거든."

블랙은 인상을 살짝 찡그렸다.

"이걸 3개나 구하라고 했다고요? 그게 말이 돼요?"

"말이 안 되나?"

이미 3개 가지고 있다. 황궁에서 준 것 하나. 카르티안으로부터 얻은 것 하나. 블랙이 가져온 것 하나.

"당연히 말이 안 되죠. 아무리 당신이 적대악으로 클래스를 변환해서 감쪽같이 힘을 감춘다고 해도, 천사들은 악 속성 힘을 알아볼 수 있을 거예요. 악 속성 기운을 가진 이에게 성족이 증표를 줄 리가 없잖아요. 그것도 세 개나."

"데미안도 내 성력을 못 알아봤는데?"

"……"

마계의 일인자를 꼽아보자면 데미안이다. 성족의 일인자가 누구인지는 모르겠지만, 데미안도 적대악의 힘을 느끼지 못하는 것처럼 그 일인자도 절대악의 힘을 느끼지 못할 것이라 판단했다.

블랙이 결론을 내렸다.

"플레이어는 개사기네요."

한세아가 옆에서 정정해 줬다.

"플레이어가 개사기인 게 아니고요, 우리 오빠가 개사기네요."

"……."

블랙이 한세아, 그러니까 루나를 쳐다봤다.

블랙은 루나를 그다지 좋은 시선으로 보지는 않는다. 이쪽 편도 아니고 저쪽 편도 아닌, 애매한 클래스라고 생각하니까. 하지만 이번만큼은 루나에게 백번 공감했다.

"그게 맞겠네요."

두 여자가 고개를 끄덕였다.

"아서 님이 개사기죠."

블랙은 그 말에 납득했다. 칸트가 말조심하라며 눈치를 줬지만, 한주혁은 블랙의 말투를 크게 신경 쓰지 않았다. 전혀 불쾌하지 않았다.

한주혁은 어깨를 으쓱하고서 블랙을 쳐다봤다. 얘기가 조금 샜다. 그래서 다시 한번 확인했다.

"황궁은 네가 성족의 증표 하나를 훔쳤다는 것을 모르고 있는 거지?"

"그런 것 같아요. 황궁 보물 창고 내 석상에 몰래 숨겨져 있던 것을 빼 온 것이거든요. 아마 오래전부터 간직되어 있었던 것 같았어요."

한주혁이 씨익 웃었다.

"황궁 보물 창고의 관리가 그렇게까지 엄격한 건 아니라는 거네."

"애초에 그 안에 들어갈 수 있는 사람 자체가 한정되어 있어요. 선택받은 인간들. 그 인간들이 보물을 제대로 알아보는 전문가는 아니죠."

수십 년. 혹은 수백 년이 지난 보물들. 그러한 보물들이 모여 있는 곳이 황궁의 보물 창고다. 수백 년 이전의 보물들에 대해서, 황제들도 정확하게는 파악하지 못하고 있다.

블랙은 한주혁의 웃음이 조금 불길했다.

"근데 왜요?"

"몇 개 훔쳐 와도 잘 모른다는 거잖아? 좀 적당히 숨겨져 있는, 말하자면 히든 트레저? 그런 거는 훔쳐 와도 되네?"

블랙은 한 걸음 뒤로 물러섰다.

"설마 아니죠?"

"왜 아니겠어?"

"미쳤어요? 저는 거기 절대 안 들어가요. 저번에도 유리엘한테 걸려서 죽을 뻔했구만."

한주혁은 웃음을 잃지 않고서 말했다.

"네가 죽는 거지, 내가 죽는 거 아니잖아?"

그 모습을 보며 한세아는 생각했다. 우리 오빠. 인성이 참 아름답다고. 할 말을 잃었다.

'인성이 정말 뛰어나네…….'

맞는 말이기는 했다. 블랙이 죽는 거지, 절대악이 죽는 거 아니지 않은가. 오빠의 품성에 감탄한 한세아가 물었다.

"오빠. 성족의 증표를 다 모은 건 알겠는데. 그 옆에 그건 뭐야?"

"이거?"

커다란 황금 두꺼비.

"에르페스 옥새."

"옥새?"

한세아는 옥새에 대해서 알고 있는 게 있다.

"오빠 전에 모르골 제국 옥새도 손에 얻었었잖아."

"그건 모조 옥새였어."

고대의 장인이었던 쿠텐이 모조했던, 정확히 말하자면 자존심 강했던 쿠텐이 두 번째로 모조했던 옥새. 황금으로 가는 문을 열 수 있었던 옥새였었다.

"이건 진짜 옥새고."

여기서 의문점이 생긴다. 옥새라 함은 황궁의 권위를 상징한다. 황제가 칙서를 내릴 때에도 옥새를 사용한다. 그런 옥새가 왜 보물 창고 같은 곳에 처박혀 있단 말인가.

한주혁의 머릿속에 그림이 그려졌다.

"현재 에르페스가 사용하는 옥새는 가짜라는 뜻이겠지."

"엥?"

그렇다면.

"진짜 옥새를 사용하지 못하는 이유가 존재할 거야."

"듣고 보니 그러네."

진짜 옥새는 보물 창고에 봉인해 놓았던 이유가 뭘까. 그리고 그것을 블랙이 굳이 목숨 걸고 들어가서 훔쳐온 이유는 뭘까.

"이 진짜 옥새에 현재 에르페스의 정통성을 부정하는 증거가 담겨져 있다고 보면 정확할 거야. 아직 뭔지는 모르겠다만."

거기까지 말한 한주혁은 블랙과 칸트를 번갈아가면서 한 번씩 쳐다봤다.

블랙은 질렸다는 듯, 한 걸음 더 뒤로 물러섰다.

'저 인간…… 플레이어 맞나?'

아무래도 미친 인간 같다. 단순히 운이 좋아 이 자리까지 온 게 아니라는 것을 확실히 느낄 수 있었다.

한 걸음 물러섰던 블랙이 다시 한 걸음 앞으로 움직였다. 그녀의 눈이 반짝반짝 빛났다.

'역시 저 남자의 아이를 가져야겠어. 진짜 대박이네, 저 남자.'

한편, 칸트는 감탄 어린 눈으로 고개를 끄덕였다.

"단편적인 사실로 많은 것을 알아차리시는군요."

칸트는 자신의 선택이 옳았다고 다시 한번 느꼈다.

'우리의 왕은…… 이분이시다!'

신의 불꽃이 선택한 분. 분명히 이분이 맞다.

"이 칸트. 목숨을 걸고 주군을 받들어 모시겠습니다."

한주혁이 어깨를 으쓱했다. 에르페스와 싸울 준비가 조금씩 되어가고 있는 것 같다. 에르페스 독자적으로도 처리하기 곤란해했던 칸트가 머리를 조아리고 아래로 들어왔다.

'음.'

한주혁은 본능적으로 느꼈다.

'채찍이 있었으면 당근도 있어야겠지.'

데미안이라는 채찍으로 칸트를 한번 다스렸다. 그때와는 상황이 조금 달라졌다.

"칸트. 너를 13번째 장로로 임명하겠다."

그런데 그때, 알림이 들려왔다.

-'발아된 혼돈수의 씨앗'의 생명이 꺼지기 시작합니다.
-5분의 여유 시간이 주어집니다.

한주혁은 성족의 증표 3개를 모두 얻었다. 이제 황제의 칙서에 표시된 '황금사자상'을 찾고, '에르페스 옥새'에 담겨져 있는 '현재 에르페스에 치명적일 수 있는 단서'를 찾아야 한다.

'일단 내가 할 일은 두 개.'

그런데 그보다 먼저 처리해야 할 일이 있다.

-시르티안. 나는 힐스테이로 향하겠다. 내가 말했던 것들은 잘 처리되고 있겠지?

-물론입니다. 하나 약간의 문제가 있습니다. 주군께서 혜안을 허락해 주시면 감사하겠습니다.

한주혁은 현재 시르티안에게 '마계와의 교역'을 맡겨놓은 상태다.

마계인들. 그러니까 마족들은 아이템을 써본 적이 없다. 마계 서열 1위의 데미안이 첫 경험을 하고 나서 황홀함을 느꼈듯, 다른 마족들도 마찬가지일 것이다.

'잘만 하면 엄청난 흑자가 날 거야.'

자고로 장사란 상대의 니즈를 파악하고 그 니즈에 부합하는 상품을 적당한 가격에 팔아 이문을 남기는 것 아니겠는가.

-힐스테이에 들러 급한 일부터 처리하고 푸르나로 가겠다.

-알겠습니다, 주군. 브리핑 자료를 준비하겠습니다.

한주혁에게 가장 급한 일은 바로 황금사자상을 찾는 것도 아니고, 에르페스 옥새의 비밀을 찾는 것도 아니고, 마계와의 교역 문제도 아니었다.

"겨우…… 늦지 않았네."

한주혁이 이마에서 땀을 훔쳐냈다. 다행이었다. 신체 스탯이 '불안정'이었다면 이렇게 미친 듯이 달려오지 못했을 거다. 그나마 지금 신체 스탯이 '?'로 전환되어서, 전력으로 이동할 수 있었다.

'혼돈수의 씨앗을 어떻게 하시려는 거지?'

제1장로. 룩소는 한주혁을 지켜보기만 했다. 룩소도 저것이 무엇인지 알고 있다. 조화를 이루는 위대한 힘을 가진 나무. 우주의 근원이라고도 불리는 '혼돈수의 씨앗'이다.

한주혁은 그 혼돈수의 씨앗을 중앙 제단의 불꽃 속에 던져 넣었다. 보통 사람이라면 이해하지 못할 일이었지만, 룩소는 한주혁을 믿었다.

'주군께서 생각이 있으시겠지.'

한주혁은 안도의 한숨을 내쉬었다.

"하마터면 혼돈수를 죽일 뻔했어."

알림이 급하게 들려왔다. 겨우 5분 남기고서. 그냥 놔두면 발아된 혼돈수의 씨앗이 생명을 잃는단다. 생명의 근원을 찾아서, 그 힘을 유지할 수 있는 불꽃을 찾아 그 불꽃 안에 넣으라고 했다. 그래야만 혼돈수가 살 수 있다는 알림. 여유 시간은 겨우 5분이었다.

"기본적으로…… 나안의 불꽃이 절대악을 상징하는 힘의 근원이라는 것을 몰랐다면 그냥 죽였겠네."

한주혁에게 알림이 들려왔다.

-'발아된 혼돈수의 씨앗'이 생명력을 회복합니다.

-'발아된 혼돈수의 씨앗'이 성장하기 시작합니다.

바로 성장이 이루어지지는 않는 것 같았다.

-'발아된 혼돈수의 씨앗'이 근원의 힘을 흡수하기 시작합니다.

'아……'
한주혁은 불길한 느낌을 받았다.
'설마 아니겠지.'
설마 아니겠지, 싶을 때 꼭 들려오는 알림이 있다.

-중앙 제단의 불꽃에 근원의 힘이 더욱 필요합니다.

혼돈수의 씨앗이 불꽃을 흡수했다. 중앙 제단의 불꽃을 정상적으로 피우려면 블랙 스톤이 필요하다.

-블랙 스톤 200개가 필요합니다.

한주혁은 할 말을 잃었다.
"아……."
조금 허탈할 지경이었다. 세계의 보물이라는 블랙 스톤을 얻으면 뭘 하나. 얻는 족족 빨려 나가는데. 올림푸스가 등장한 이후로, 기록되기 시작한 세계 역사 200년 동안 몇 번 모습을 드러내지도 않았던 블랙 스톤이 왜 자기 시대에 이르러서는 1,000개고 200개고 순식간에 빨려 나간단 말인가.

'그래도…… 해야겠지?'

모르면 몰랐으되 한주혁은 이미 다른 세상을 느껴봤다. 절대자의 힘. 그 말도 안 되는 힘을 한번 느꼈었다.

'잿빛 마도사. 혼돈수의 씨앗. 조화. 그 모든 것들이 결국은……'

그때의 절대적인 힘을 제대로 얻기 위해서는 이 '혼돈수'라는 것이 커다란 역할을 할 것이 틀림없었다. 그러한 가운데 겨우(?) 블랙 스톤 200개가 아까워서 혼돈수를 죽일 수는 없는 노릇 아닌가.

한주혁은 일단 힐스테이를 벗어났다.

'블랙 스톤은 어디서 얻지?'

당장 200개가 필요하다.

'기본적으로 시간은 여유가 좀 있어.'

정확하게는 모르겠지만, 최소 한 달 정도는 여유가 있는 것 같다. 중앙 제단의 불꽃이 그렇게 쉽게 꺼지지는 않으니까.

'바쁘네.'

할 일이 또 늘었다. 적대악 퀘스트. 옥새 관련 시나리오. 마계와의 교역. 그리고 블랙 스톤 획득까지.

'어디서 블랙 몬스터 군단 좀 안 나타나나?'

그러면 참 좋을 텐데. 누군가 듣는다면 식겁할 생각이다. 블랙 몬스터 군단. 일반 플레이어들에게는 재앙 아닌가.

한주혁은 일단 푸르나로 향했다. 일단 급한 대로 마계와의 교역 문제부터 해결하기로 했다.

시르티안과 약간의 대화를 나눴다.

"……이렇게 해."

"……."

시르티안은 순간 말을 하지 못했다. 한참 후에야 겨우 입을 열었다.

"주, 주군……!"

"왜?"

시르티안의 목소리가 떨리기 시작했다.

"주, 주군은 진정……!"

시르티안은 요즘 마계와의 교역에 있어서 골머리를 앓고 있던 중이었다. 많은 마족들이 이렇게 말했다.

"우리는 줄 것이 없다."

이 정도는 애교로 봐줄 수 있었다.

"좋은 말로 할 때, 내놓는 것이 좋을 것이다."

"지금 당장에라도 너희들의 목을 따버리겠다."

현재 마계에는 때아닌 아이템 열풍이 이는 중이다. 급진적인 변화라는 것이 언제나 그렇듯, 마계도 지금 혼란스러운 상황이다. 아이템을 받아들여야 한다는 급진파와 마족의 자존심을 버릴 수 없다는 보수파가 대립하여 첨예한 대립을 이루었다.

그 열풍은 거의 '전쟁'이라고 해도 좋을 만큼 큰 폭풍이 되어 마족들의 사회를 강타하고 있는 중이다. 전투 종족인 마족이니만큼, 그들의 전쟁은 실제로 목숨을 내놓고 하는 전쟁이다.

"당장 좋은 아이템을 내놓으란 말이다."

그만큼 그들은 치열했다. 덕분에 시르티안은 고민에 고민을 더했다.

"마족들은 육체의 강함을 추구하는 전투 종족입니다. 자신의 몸을 단련하는 것 외에는 크게 관심이 없었고, 소유에 대한 개념이 희박했습니다."

그래서.

"그들은 보유하고 있는 재화가 거의 없다시피 했습니다."

그들은 태어나기를 강하게 태어났다. 몸만 수련하면 됐다. 돈을 만들거나 물물 교환을 하지도 않았다. 그래서 교역을 하는 데 굉장히 힘이 들었다.

"이쪽은 아이템을 주는데…… 저쪽에서 얻을 수 있는 이득이 한정적이었기 때문입니다."

그나마 다행인 것은 이쪽에는 데미안이 버텨주고 있다는 것. 마계 서열 1위. 카르티안을 사살한 데미안이 한주혁의 계약자다. 그것을 알고 있는 마족들은 한주혁의 부하들에게 직접적인 해코지를 하지는 않았다.

한주혁이 답을 내려주었다.

"첫째, 하급 아이템은 계약을 맺어. 마족의 계약. 둘째, 중급 아이템을 얻으려면 계약에 더해 마족의 뿔을 달라고 해. 셋째, 더 좋은 아이템을 얻으려면 거기에 더해 피의 맹세를 맺으라고 해."

"허나 주군……."

현재 마계에 공급하는 아이템들은 그리 좋은 아이템이 아니다. 올림푸스 세계의 하급 혹은 잘해봐야 중급 아이템들을 마계에 넘기고 있다.

"여기서나 허접한 물건이지, 저쪽 가면 극상의 가치를 가진 아이템이잖아?"

처음부터 너무 좋은 아이템을 풀지는 않기로 했다. 세상일이 그런 것 아니겠는가. 차근차근. 단계를 밟아 올라가야 모든 이득을 취할 수 있다.

"시르티안. 네 말이 무슨 뜻인지는 안다."

겨우 이 정도 아이템들로 어떻게 마족과 계약을 하고, 어떻게 마족의 뿔을 얻고, 또 어떻게 피의 맹세까지 맺겠는가. 저쪽이 엄청나게 손해를 보는 교역이 된다.

"하지만 그건 마족들의 사정이지, 우리 사정이 아니잖아?"

거기서 시르티안은 깨달음을 얻었다.

"주군…… 진정……!"

시르티안은 진심으로 감탄해서 이렇게 말했다.

"탁월한 사기꾼이십니다."

진심으로 감탄하고 감복한 나머지 자신이 무슨 말을 하고 있는지도 몰랐다. 원래 시르티안의 상식선에서, 그리고 도덕적 관념 속에서, 또한 경영의 입장에서.

'1을 주고 3을 얻는 것이 교역의 기본이다.'

하지만 주군은 완전히 다른 시각으로 접근했다.

'1을 주고 1,000을 얻는다……!'

더 정확히 말하자면.

'0.1을 주고 1,000을 얻는다……!'

얼마나 남는 장사란 말인가. 올림푸스에 넘쳐나는, 이른바 '잡템'들이 마계로 가면 극상의 아이템으로 둔갑한다. 마족들은 아이템이라는 것을 써본 적이 없으니까. 그리고 육체 능력이 워낙에 뛰어난 종족이라, 몇 퍼센트의 능력 증가 아이템이 그들에게는 엄청난 영향을 끼친다.

"원래 전쟁할 때에는 무기가 비싸지는 법이지요."

지금 마계는 거의 전쟁 상태에 돌입했다. 주군은 지금 그 상황을 절묘하게 이용하고 있는 거다. 상식을 파괴하는 수준으로.

'에르페스의 상식이 곧 마계의 상식은 아니다……!'

자신은 우물 안 개구리였다. 너무나 상식에 입각해서 생각하려고 했다.

"이렇게까지 이기적일 수 있다는 것이 놀랍습니다. 주군. 저는 주군께 진심으로 감화, 감동하였습니다."

그 정도 아이템들로 살살 꼬드겨서 결국 피의 맹세까지 받아낸다? 그것은 곧 그 강력한 전투 종족을 거의 수하에 가깝게 부릴 수 있다는 얘기 아닌가.

'지금 마족들은 제정신이 아니야.'

이른바 첫 경험을 하고서 정신을 못 차리고 있을 때다. 이때가 아주 좋은 기회다. 인생과 교역은 타이밍이다. 시르티안은 지금 그걸 배웠다.

'잡템으로 일단 계약부터 맺고.'

일단 미끼만 투척하고, 그 이후에 조금 더 좋은 아이템으로 계약을 맺고, 그 이후에 조금 더 좋은 아이템으로 피의 맹세까지 맺는다.

"마족들이 정신을 차렸을 때에는…… 이미 대부분이 피의 맹세를 맺었을 때겠지요."

시르티안은 실성한 사람처럼 낄낄대며 웃었다.

"저희 스카이데블의 전력이 수십, 아니, 수백 배는 강력해질 것입니다!"

기뻤다. 이제 조금씩, 에르페스와 상대할 수 있는 전력을 갖추어가는 것 같다. 그 강력한 마족들을 수하처럼 부릴 수 있게 되는 것인데 무엇이 그렇게 두렵단 말인가.

'왜 나는 재화를 얻는 것에만 집중했단 말인가!'

마족들로부터 돈을 얻을 수 없다. 그런 이득을 취하기 어렵다. 그런데 그것보다 훨씬 좋은 것들을 얻을 수 있지 않았던가. 이래서 고정 관념이 무서운 거다. 물건을 팔면 돈을 받아야 한다는 그 고정 관념. 시르티안은 그 고정 관념을 벽을 깨고 나왔다. 세상이 새로 보이는 느낌이었다. 마약에 취한 것 같았다. 오늘 그는 정말 기뻤다. 제정신이 아니었다.

"주군은 진정한 양아치이십……!"

시르티안은 그 순간 퍼뜩 정신을 차렸다. 그 자리에서 무릎 꿇고 엎드렸다.

"주, 주군. 제 말은 그, 그것이 아니오라……."

한주혁이 피식 웃었다.

"괜찮아. 일어나."

시르티안의 칭찬. 그러니까 '이렇게까지 이기적일 수 있다니'라든가 '탁월한 사기꾼'이라든가, '진정한 양아치'라든가. 그런 것들의 표현이 조금 괴상하기는 했지만 어쨌든 시르티안의 본심을 모르는 건 아니었으니까.

"시르티안. 나는 네 진심을 안다."

"가, 감사합니다."

한주혁이 말을 이었다.

"나는 지금 블랙 스톤이 많이 필요해. 강재명 씨와 연계해서 몬스터 웨이브가 있을 법한 필드나 강력한 몬스터들이 집단으로 나오는 곳들을 좀 섭외해 봐."

"몇 개 정도 필요하십니까?"

"200개 정도. 그런데 또 너무 지나치게 강력한 몬스터가 있는 필드면 곤란해."

플레이어에게 공개되어 있는 필드 중에, 그 정도로 강력한 몬스터는 없다. 이제 미개척지를 찾아 오픈시켜야 한다. 그리고 그곳의 몬스터들을 블랙 몬스터화 시키면 블랙 스톤 드랍률이 아주 높을 거다.

다만 너무 강력하면 좀 곤란했다.

"지금 내 상태가 완전히 정상은 아니니까."

현재 '불안정' 상태였던 스탯이 '?' 상태로 변환된 상태. 불안정 상태보다는 훨씬 낫지만 그래도 정상은 아니다. 약간은 조심해야 했다.

"알겠습니다. 플레이어들과도 정보를 공유하여 한번 찾아보도록 하겠습니다."

한주혁은 고개를 끄덕였다.

'일단 외부에서 블랙 스톤을 찾는 노력은 이 정도 하면 될 것 같고.'

말을 해놓았으니 유능한 NPC인 시르티안과 뛰어난 비서 강재명이 전 세계를 헤집고 돌아다닐 것이다. 제9장로 팬더도 미개척지를 향해 뛰어다닐 거다. 미개척 필드 개척은 그들에게 맡겨놓고서 한주혁은 목적지를 다른 곳으로 잡았다.

바로 '최후의 성족이 남긴 발자취'가 존재한다는 데르앙으로.

현재 데르앙은 레벨 30~40대 플레이어들이 주로 플레이하는 곳이다. 데르앙 평야는 굉장히 넓다. 예전 한주혁이 이곳에서 10만이 넘는 플레이어를 학살한 적이 있을 정도로, 넓은 평야를 자랑하는 곳.

한주혁은 듀퐁과의 대화를 떠올렸다.

"최후의 성족이 남긴 발자취는 데르앙에 존재합니다."

"그곳에 가시면 성족의 증표를 얻을 수 있을 것입니다! 오옷! 이것과 비슷합니다. 3개를 얻으시면 됩니다! 황금사자상의 위치는 성족의 증표를 얻으신 이후에 칙서에 오픈된다고 합니다! 오오옷!"

그런데 재미있는 건 자신이 이미 성족의 증표를 모두 얻었다는 거다.

'여기서 성족의 증표를 하나 더 얻을 수 있다고?'

심안을 통해서도 아무것도 느껴지지 않았었다. 중급 레벨 플레이어들이 저마다 팀을 짜고서 열심히 플레이하고 있는 것만이 느껴졌었다.

'팬더도 이곳에서 아무것도 찾지 못했었지.'

그런데 지금은 조금 달랐다.

'지금의 내 기운이……'

지금은 절대악도 아니고 적대악도 아니다. 한세아의 표현을 빌리자면 '젊대악'이고 시스템 명칭을 따르자면 '절대자'다. 지금은 혼돈에 가까운 힘을 가지고 있다.

'거기에 더해……'

지금 한주혁이 가지고 있는 성족의 증표 중 하나가 반응하고 있다. 바로 황제의 칙서와 함께 내려졌던 성족의 증표. 그것이 데르앙에 반응하고 있었다.

'내 근본적 기운이 혼돈 성향으로 바뀌었고, 성족의 증표까지 빛이 나고 있어.'

천세송은 한주혁을 물끄러미 쳐다보았다. 그저께도 봤고 어제도 봤지만, 오늘은 유독 잘나 보였다. 언제나 느끼는 기분이다. 천세송의 눈으로 보면 한주혁은 매일매일 더 잘생겨진다.

"오빠. 뭐 좀 알 것 같아?"

"글쎄. 아직."

현재 상황에서 알 수 있는 건 '최후의 성족이 남긴 발자취'는 아니었다.

"내가 알 수 있는 건…… 조금 다른 거야."

"뭔데?"

"제국이 나한테 성족의 증표를 얻으라고 했고, 그 위치까지 친절하게 알려줬어."

그 위치가 데르앙.

"그런데 공교롭게도 내가 이미 성족의 증표를 전부 얻었잖아."

원래는 이곳에서 성족의 증표를 얻었어야 했다.

"그러니까 최후의 성족이 남긴 발자취에서는…… 굳이 성족의 증표에 목을 매달 필요가 없다는 거지."

"그러네?"

굳이 성족의 증표를 얻기 위해 발버둥 치지 않아도 된다.

"그런데 성족의 증표를 얻으려면 결국 성족을 만나야 하잖아."

한주혁이 씨익 웃었다.

"그 성족. 죽이면 이제 정수가 나오지 않을까?"

물론 특별한 방식이 필요할 거다. 아무나 정수를 뽑아낼 수는 없을 테니까.

"특별한 방식은 꼬꼬가 가지고 있을 거고."

랜튼의 깃털로 라리엘을 소환하기에는 부담이 너무 크다. 애초에 '최상급 성족'이라 이름 붙은 성족 아닌가. 너무 강한 상대다.

"지금 내 몸이 약화된 이유는 마기가 너무 강대해서 그런 거잖아."

그 강대한 마기를 지금 '혼돈수의 씨앗'이 가진 '조화의 권능'으로 억눌러 놓았다.

"그 반대되는 힘인 성족의 정수를 먹어서 조화의 권능으로 융화시키면?"

천세송이 눈을 동그랗게 떴다. 오빠의 말이 맞는 것 같다. 라리엘보다 약한 성족의 정수를 섭취해서 조금 더 조화의 힘을 이루고, 예전 오빠가 보여줬었던 그 힘을 조금이라도 더 회복할 수 있다면.

천세송이 방긋 웃었다.

"라리엘을 잡을 때 데미안도 도와주면 편하겠네?"

성족이라면 이를 가는 데미안이다. 데미안과 함께, 힘을 더 회복한 한주혁이 라리엘을 잡는다면? 그리고 그 잿더미를 꼬꼬가 헤집는다면?

한주혁이 천세송의 머리를 슥슥 쓰다듬었다.

'그렇게 되면…… 카르티안의 정수에 버금가는 성족의 정수를 먹을 수 있겠지.'

조화의 권능을 통해 그 힘을 제대로만 융합할 수 있을 거다.

'진짜 절대자의 힘을 얻을 수 있을 거다.'

몸이 부르르 떨려왔다. 그러던 찰나. 한주혁의 심안에 무엇인가가 잡혔다. 데르앙 평야. 한가운데. 오래전부터 존재해 왔던 비석이 보였다.

비석. 그냥 설정상 존재하는, 아무것도 아닌 장식물처럼 오랜 시간 여겨져 왔다. 팬더도 그 비석을 보고서 아무것도 느끼지 못했었고.

그런데 지금은 아니었다.

"가자."

비석 앞에 섰다.

'설명 활성화가 가능하다.'

아무래도 기본 조건이 '성력'과 '성족의 증표'인 것 같다. 한주혁 자신은 설명 활성화가 가능한데, 천세송은 불가능했으니까.

"루나. 너도 설명 활성화 안 되지?"

"응. 내 눈에는 그냥 비석으로 보이는데?"

루펜달과 3층성도 마찬가지였다. 오로지 한주혁만이 설명 창 활성화가 가능했다.

'설명 활성화.'

설명 알림이 들려왔다. 완전히 새로운 정보가 아니었다. 이미 진작 알고 있던 정보가 새로이 조명되어 한주혁에게 전해졌다.

한주혁은 순간 말을 잇지 못했다.

'이게…… 이렇게 이어진다고?'

10장
최후의 성족이 남긴 발자취

  지금 이 자리에서, 한주혁만이 가능한 설명창 활성화. 한주혁 앞에 정보창이 떴다. 비석에 새겨진 글씨가 하나의 정보로서 한주혁의 머릿속에 자동으로 전송됐다.

<최후의 성족이 남긴 발자취에 관하여>

  최후의 성족이 남긴 발자취는 몇 가지 조건을 충족하여야만 활성화될 수 있습니다. 조건을 만족하지 못하면 최후의 성족이 남긴 발자취는 1년 이내에 소멸됩니다.

  첫째. 10만 명 이상의 뜨거운 피가 대지에 녹아들어 있어야 합니다. 그 뜨거운 피가 식기 전에.

  둘째. 하나의 염원을 가진 100만 명 이상의 사람들이 모여 한 가지 뜻을 품어야만 합니다.

두 가지 조건이 최후의 성족이 남긴 발자취가 발현될 최소의 조건입니다. 만족 여부는 시스템이 판단합니다. 두 가지 조건이 완벽하게 만족되지 않은 상태에서 본 던전의 활성화는 매우 위험할 수 있습니다.

또한, 최후의 성족이 남긴 발자취를 활성화시키기 위하여서는 다음과 같은 조건이 필요합니다.

첫째. 성스러운 힘을 지니고 있어야만 합니다.

둘째. 상급 마족을 처단한 전적이 있어야만 합니다.

셋째. 성족의 증표를 가지고 있어야만 합니다.

세 가지 조건을 만족시키지 못한 이가 '최후의 성족이 남긴 발자취'에 접근하여 비밀을 캐냈을 시에는 천사의 분노가 임하게 됩니다.

한주혁에게 알림이 들려왔다.

-'최후의 성족이 남긴 발자취'를 활성화시키시겠습니까?

최소 오픈 조건 두 가지. 그리고 자격 세 가지. 여전히 호기심 왕성한 한세아가 물었다.

"오빠, 뭐래?"

"기다려."

생각이 좀 필요했다. 무역 도시 데르앙. 그리고 데르앙 수성전. 지금의 한주혁이 있을 수 있도록 도와주었던, 첫 번째 단추라고 할 수 있었던 곳이다.

'말하자면 내 기반이 마련된 곳이야.'

그런데 그 기반은 당시 최고의 대연합이었던 신성으로부터 빼앗았었다. 버려진 영지였던 세르니아를 주는 대신 데르앙을 얻었었다.

'원래 내 영지였던 세르니아에는 성좌 던전들이 존재했었고.'

자신이 내주었던 세르니아에는 성좌들의 던전이 발생했었고(그래 봤자 한주혁이 모두 클리어했지만) 반대로, 자신이 얻은 데르앙에는 적대악의 던전이 발생했다.

그러한 상황에서 첫 번째 조건.

'10만의 피.'

한주혁의 지지 기반이 되었던 이곳인 데르앙은 과거, 절대악 게이트를 처음 열기 시작했었던 곳이다. 데르앙 수성전이 발발했던 곳이기도 했다.

'그때 연합군이 20만 명 정도 됐었지.'

따지고 보면 1년이 채 되지 않은 일인데 까마득한 오래전 같은 기분이 든다. 지금 생각해 보면 그때 참 약했다. 약했지만 신성과 엘진의 연합군은 더더욱 약했었다.

'거기서 10만 명 이상을 죽였어.'

그러면 첫 번째 조건은 이미 만족이 된 상태다. '뜨거운 피가 식기 전에'라는 단서가 있었는데, 한주혁은 그 단서를 일단 만족했다고 판단했다. 이후 다른 조건들과 상황들이 그걸 말해주었으니까.

'그리고 그 이후.'

데르앙 수성전이 절대악의 압도적인 승리로 끝난 이후, 플레이어들이 데르앙으로 몰려들었었다. 데르앙 동문 앞. 데르앙 평야에 100만 인파가 몰렸던 기현상까지 발생했었다.

'그때 기사도 많이 났었지.'

100만 이상이 자발적으로 움직였었다. 한주혁이 델리트되었던 청년들을 찾아냈고 원조를 약속했었다. 당시 유행했었던 말이 '신성이 싼 똥을 절대악이 치운다'였을 정도였다.

'희망을 품었던 100만 이상의 사람들이 확실히 모였어.'

대연합을 위시한 신귀족의 횡포로부터 벗어나고자 하는, 이른바 '흙수저' 계급에 해당하는 수많은 사람들이 운집했었다. 그 당시 언론들은 절대악을 이렇게 평가했었다.

-절대악이 외국계 자본을 끌어들여 포퓰리즘을 실행 중.

-포퓰리즘은 악마의 속삭임과도 같은 것.

-지속 가능하지 못한 데르앙 영주의 허황된 공약!

-절대악은 인기를 위하여 자충수를 두는 것.

시간이 흘러 돌이켜 보니 한주혁의 방침은 옳았다. 소외 계층들을 돕지 못하는 것이 아니라, 돕지 않는 것이었다. 신귀족의 입장에서 서민들은 그저 개돼지에 불과했으니까. 실제로 그렇게 보고 있었으니까.

'나를 보고 모였던 100만 이상의 사람들. 그러한 모든 것들이 모여······.'

'최후의 성족이 남긴 발자취'가 지금에 이르러서야 빛을 발하고 있는 것 같다.

한주혁이 말했다.

"이 모든 건 우연이 아닐 거야."

이어진다.

"이곳은 신성이 관리하던 곳이었고, 절대악 게이트를 처음 열었던 곳이기도 해."

한세아가 고개를 끄덕이며 대답했다.

"여기서 승마공주 유리아 30억가량 송금 사건이 발견되었잖아."

수많은 비리 문건들이 발견되었고, 대연합 신성과 엘진의 몰락이 이곳으로부터 시작되었었다.

"그런데 그 유리아. 성좌의 역량조차 제대로 소화하지 못했어."

돈도 실력이다. 억울하면 부모를 잘 만나라, 하고 수많은 사람들을 조롱하고 욕했던 신귀족 유리아의 실제 실력은 보잘것없었다. 성좌 클래스를 두 번이나 얻었는데, 그 두 번 다 아무런 활약도 못 하고 한주혁의 손에 의해 사망했다.

"겨우 그 정도 실력과 센스를 가졌는데 두 개의 성좌를 연달아 차지할 수 있었다는 건, 결국…… 말도 안 되는 뒷배를 가졌다는 얘기겠지."

"태르민."

태르민의 입김이 닿았다는 얘기다. 그게 아니라면 불가능하다. 한주혁이 고개를 끄덕였다.

'태르민은 신성과도 깊게 연관되어 있었어.'

신성과 깊게 관련이 있던 태르민. 그에 따른, 유리아의 지원 사건. 그리고 비밀을 폭로한 강무열의 죽음. 그러한 것들이 이곳 '데르앙'과 연관이 있다.

한주혁이 파티원들과 활성화 조건을 공유했다.

첫째. 성스러운 힘을 지니고 있어야만 합니다.
둘째. 마족을 처단한 전적이 있어야만 합니다.
셋째. 성족의 증표를 가지고 있어야만 합니다.

조건을 살펴본 천세송이 황당하다는 듯 한주혁을 쳐다봤다.

"오빠. 이 조건들은……."

"글쎄. 나를 위해 만들어준 조건인 것 같기도 하고."

한주혁은 이제 더 이상 이상함을 느끼지 않았다.

"내가 여태까지 해왔던 것들이……. 클리어의 도구나 방법 혹은 조건으로 설정되어 있었어."

여태까지는 이렇게 생각해 왔다.

"내가 100개의 단서를 얻었다면, 그중 10가지를 제대로 써서 던전을 클리어했구나. 이렇게 생각했었어."

얼마 전까지만 해도 그렇게 생각했었는데 이제는 생각이 좀 바뀌었다.

"이 던전은, 나보고 클리어하라고 떠먹여 주고 있는 거야."

"던전이?"

한주혁이 하늘을 한번 올려다봤다. 하늘은 평소와 별반 다르지 않았다. 꼬꼬가 떠서 천천히 선회하고 있을 뿐.

"정확히 말하자면 제우스가."

여태까지와는 완전히 다른 느낌이다. 마족 카르티안의 정수를 섭취한 그 시점부터. 달라졌다.

"예전까지는 내 자격을 시험하고 나를 키워왔다면……."

그래서 성좌들이 존재했고, 성좌들과 제국의 힘으로 자신을 견제해 왔다면 이제는 아니다.

"나를 전폭적으로 지원해 주는 것 같아."

그래서 한주혁은 '뜨거운 피가 식기 전에'라는 단서를 이미 만족했다고 판단한 거다. 아직 연합군이 죽은 지 1년도 지나지 않았다. 그 키워드에 대해 간접적으로 알려주듯, 비석에는 '1년'이라는 기간까지 따로 명시되어 있었다.

'그게 진짜 단서였든 아니든 중요하지 않아. 지금 제우스는 나를 밀어주는 거야.'

한세아가 인상을 살짝 찡그렸다.

"에이. 설마. 제우스는 밸런스를 중요시하잖아."

세계관이 무너질 정도의 힘은 그 누구에게도 주지 않는다. 그게 정설이다.

"그걸 누가 알려줬는데?"

"……."

그러고 보니 제우스가 밸런스를 중시한다는 말의 시초가 누구였는지 알 수 없다.

"그냥…… 당연한 상식 아니야?"

"그게 당연한 상식이었다면 내게 이런 힘을 주지 않았겠지."

제아무리 절대악이 히든 클래스고 엄청난 시나리오를 클리어하는 직업이라고 해도. 이 정도의 힘은 주지 않았을 거다.

'내 자격을 시험해 왔고. 나는 그 통과한 거야.'

제우스가 왜 자신을 선택했는지는 모른다.

"떠먹여 주는 밥을 거부할 필요는 없겠지."

확실한 것은.

"제우스가 태르민의 존재를 알고 있다는 거야."

자신을 태르민의 대항마로 키우는 것에 열중하고 있는 것 같다.

'마냥 아무렇게나 힘을 줄 수는 없는 모양이야. 가능했다면 이미 내게 절대적인 힘을 부여했겠지.'

그게 룰이 됐든, 뭐가 됐든, 상관없었다.

'태르민.'

강무열의 죽음을 눈앞에서 봤다. 신성의 연합원으로 일하다가 델리트되었던 수많은 청년들. 신귀족 프로젝트에 의해 희생당한 젊은 피들. 수많은 신분의 소외된 사람들.

"그리고 그 제우스가…… 태르민을 막기 위한 대항마로 나를 선택한 것 같아."

"……."

3충성은 아무런 말도 잇지 못했다. 절대악의 모든 행적을 알고 있는 건 아니다. 비교적 최근에 영입되었으니까. 하지만 조금은 알 것 같았다.

'그림이 그려진다.'

절대악이 그리고 있는 그림. 그리고 이 세계의 신인 제우스가 그리고 있는 그림. 대한민국을 암중에서 모략하던 정체불명의 남자. NPC들의 생체 실험 등등.

'이럴 수가.'

몸이 부르르 떨렸다. 란돌과 비슷한 생각을 했다.

'어쩌면 나는…… 역사의 중요한 기로에 서 있는 것일지도 모른다.'

절대악이 아무런 이유도 없이 탄생한 것 같지는 않다. 절대악의 말을 듣고 보니 더욱 그럴듯했다.

한주혁이 결론을 내렸다.

"그렇다면 제우스는 NPC들이 현실 세계를 침범하지 않기를 원하는 것이라고 판단해도 되겠지. 일단 지금 상황에서는."

루펜달은 이렇게 결론을 내렸다.

"태르민 그 X밥 새끼는 에르페스와 모르골이 돕지만, 형님
은 신이 돕는 것이로군요!"

두 팔을 들어 올렸다. 결론은 한결같았다.

"역시 형렐루야 형멘이십니다!"

한주혁은 비석을 활성화시켰다.

-'최후의 성족이 남긴 발자취'가 오픈됩니다.

모든 조건을 만족했다. 그리고 곧 필드가 바뀌었다.

'눈밭?'

눈밭이었다. 춥지는 않았다. 새하얀 눈이 이곳을 가득 채우
고 있었다. 하늘에서 내리쬐는 태양 빛이 하얀 눈을 만나 이리
저리 반사되며 반사광을 흩뿌렸다.

저벅. 저벅.

발걸음 소리가 들려왔다.

'그리고 발자국.'

눈앞에는 아무도 없었다. 아무도 없는데 발자국이 생겨났
다. 누군가 보이지 않는 사람이 걷고 있는 것처럼.

사람의 목소리의 형태로, 굉장히 낮은 저음의 울리는 목소리로 알림이 들려왔다.

-성족의 위대함을 증명할 현자여.
-최후의 성족이 남긴 발자취에 함께할 용기 있는 자여.
-그대의 용기를 증명하라.

한주혁의 몸에서 하얀빛이 새어 나왔다. 겉으로 보기에는 완벽한 성력이었다.

한세아가 감탄했다.

"세상에."

그녀도 과거에 완벽한 성좌였었던 적이 있다.

'그때 내가 가지고 있던 기운이랑 완전히 같네.'

한세아는 알고 있다. 오빠가 지금 가지고 있는 저 기운이, 사실은 혼돈의 기운이라는 것을. 악 속성의 힘과 성 속성의 힘이 조화를 이룬 힘이라는 것을 안다. 그런데 지금 보기에는 완전히 성 속성 같다. 그만큼 완벽한 조화를 이루고 있다는 뜻이다.

'이 정도면 사기 아냐?'

어쨌든 한주혁의 몸에서 하얀빛이 새어 나오고, 그 빛과 한주혁이 가지고 있는 성족의 증표가 반응했다. 마치 이 던전이 한주혁을 선택한 것 같았다.

-또 다른 성족의 인정을 받은 현자여. 나를 따라오라.

저벅. 저벅.
발자국이 멀어졌다.
그런데 그때. 발자국 외 또 다른 소리들이 들려왔다.
두두두두두두-!
수많은 발소리가 한데 모여 엉키고 한주혁의 심안에 무엇인
가가 잡혔다.
'수많은 몬스터.'
마치 몬스터 웨이브 같았다. 아직 몬스터의 모습은 보이지
않았지만 몬스터들의 실체는 느껴졌다.
알림이 또 들려왔다.

-나를 따라오라.

한주혁의 등 뒤. 약 500미터 떨어져 있는 눈밭에 수많은 발
자국이 새겨지기 시작했다. 그 많은 발자국이 이쪽을 향해 돌
진했다. 한주혁이 그쪽을 쳐다봤다.

-어서 나를 따라오라. 발자국이 뒤엉키면 나를 찾을 수 없음이니.

한주혁이 씨익 웃었다.

'그렇단 말이지?'

새로이 맞이한 던전. 최후의 성족이 남긴 발자취. 느낌이 아주 좋았다.

한주혁이 뒤로 돌아섰다. 한세아의 눈으로 보기에 이해할 수 없는 행동을 시작했다.

"엥? 오빠? 뭐 해?"

"뭐 하긴."

이런 걸 하려고 하는 거다.

다급한 목소리가 들려왔다.

-어서 나를 따라와야만 한다. 발자국이 뒤엉키면 더 이상 나를 쫓을 수 없게 된다. 영원한 미로 속에 갇히게 될 것이다!

한주혁은 그 음성에 개의치 않았다.

'발자국이 엉켜?'

그럼 안 엉키게 하면 되는 것 아닌가. 한주혁이 세 발자국 앞으로 움직였다.

"멈춰."

-스킬. 위압을 사용합니다.

위압은 본래 악 속성 몬스터들에게 통용되는 스킬이었다. 한주혁이 기본적으로 가지고 있던 기본 속성이 '악'이었기 때문에, 다른 '악'들을 공포에 질리게 만들 수 있었다. 그런데 이제는 혼돈이다. 악 속성은 물론이거니와 '성' 속성의 몬스터들에게도 정확하게 먹혀드는 스킬.

'성 속성 몬스터들이 군데군데 섞여 있네.'

조금씩 윤곽이 드러나기 시작했다. 각양각색의 몬스터들이 형체를 갖추기 시작했다.

3충성은 입을 쩍 벌렸다.

"미친……."

엄청나게 많은 숫자의 몬스터들이 몰려들었다.

"저게 도대체 몇 마리야."

알 수 없었다. 마치 몬스터로 이루어진 바다 같았다. 새하얀 눈이 보이지 않았다.

'저 많은 몬스터들이…….'

절대악의 '멈춰' 한마디에 멈춰 섰다. 한주혁은 다시 한 걸음 앞으로 움직였다. 몬스터들 사이에 동요가 일었다.

그때, 또 목소리가 들려왔다.

-운 좋게 웨이브가 멈추었도다. 현자여. 용기를 가진 자여. 얼른 내 뒤를 따라오도록!

-시간이 없다. 어서!

한주혁이 발걸음을 옮기며 대답했다.

"여기 악 속성 찌끄래기들이 있는데. 그냥 도망가라고 하는 건가?"

일부러 인상을 찡그렸다.

"도대체 너는 누구냐? 성족의 자긍심마저 땅으로 내팽개친 것이냐? 상황이 급하다 하여, 악의 무리를 토벌하지 않고 도망친다는 것이, 말이나 되는 소리냐?"

3충성은 말하고 싶었다. 악 속성 찌끄래기라니요.

'당신이 절대악이지 않습니까……?'

요즘들어 절대악의 새로운 모습을 보는 것 같다.

'아. 이제는 젊대악입니까……?'

뭐가 어찌 됐든 한주혁이 한 걸음, 한 걸음 옮길 때마다 몬스터들이 움찔거렸다.

3충성은 넋 놓고 그 광경을 쳐다봤다.

'저 많은 숫자의 몬스터들이.'

한주혁의 뒤로 발자국이 생겼다. 하얀색 눈으로 뒤덮인 벌판. 그 벌판에 발자국을 새기며 걸어가는 단 한 명의 플레이어에 의해, 몰려든 수많은 몬스터들이 뒷걸음질 치기 시작했다.

한주혁은 속으로 생각했다.

'이거 개이득인 거 같은데.'

안 그래도 세계 각지에서 몬스터 웨이브가 일어나는 곳을 찾고 있었다. 혹은 강력한 몬스터가 있는 곳을. 적극적으로 미개척지 공략도 해보려고 했다. 지금 블랙 스톤이 필요하니까.

'이 정도 되는 애들 싹쓸이하면······.'

그래서 만약 운이 좋다면.

'블랙 몬스터들 나오면 좋겠다.'

이 정도 규모의 블랙 몬스터들이 나타난다면 블랙 스톤 200개 정도는 아주 여유롭게 획득할 수 있을 거다.

'그러면 좋겠다.'

저 몬스터들이 얼마나 강한지는 중요하지 않았다.

'목소리가 안 들려오는 거 보니까····· 더 이상은 방해하지 않을 것 같기는 한데.'

조금 이상한 것은 대부분 악 속성 몬스터들 중, 성 속성 몬스터가 섞여져 있다는 것. 한주혁은 누군가에게 들으라는 듯 이렇게 말했다.

"악을 멸하리라."

그러고서 아수라극천무를 사용했다. 천세송은 속으로 감탄할 수밖에 없었다.

'오빠의 아수라극천무가····· 달라졌어.'

예전과는 달라졌다. 예전에는 마치 세계를 멸망시킬 것 같은 검보라색 폭풍우가 불어닥쳤었다. 오빠의 힘이 아니라면, 멸망의 힘과 가까운 그런 느낌이 들었었다.

'지금은····· 눈 폭풍 같은 느낌이야.'

올림푸스 세계의 설정상, '성 속성' 기운은 인간에게 따스하고 친숙하며 온화한 느낌을 준다. 천세송이 보기에 지금 아수라극천무가 그러했다.

'근본은 혼돈인데……'

그렇지만 시전자의 의지에 따라 지금은 성 속성처럼 보인다. 자유자재로 그것이 가능해졌다.

예전처럼 살기를 가득 머금은 멸망의 폭풍이 아니었다. 검은색 번개가 내려치지도 않았다. 다만 포근함을 가진 눈 폭풍이 몬스터 무리를 휩쓸었을 뿐.

3충성이 의지를 가다듬었다.

'이다음은 내 차례다.'

그러한 3충성을 루펜달이 흐뭇하게 지켜보았다. 3충성 교육이 제대로 이루어지고 있는 것 같다. 이윽고 눈 폭풍이 멈췄을 때. 3충성이 재빨리 달려가기 시작했다.

-스킬. 아이템 콜렉팅을 사용합니다.

그리고 꼬꼬가 날아들었다. 잿더미들을 콕콕 찍어대며 아이템과 몬스터 스톤을 끄집어내기 시작했다.

한주혁은 못내 아쉬웠다.

'블랙 스톤은 보이지 않네.'

혹시나 했는데 역시나다. 역시 블랙 스톤은 아무렇게나 주어지지 않는 것 같다.

'뭐. 기대하지 않았던 거니까.'

정말로 그가 기대하고 있는 것은, 이제 다음에 나타나게 될 블랙 등급의 몬스터들이다. 이 정도 규모로 나타나 주면 참 좋겠고, 이 정도 규모가 아니어도 괜찮다. 나와주기만 하면 좋다.

한주혁이 몸을 돌렸다. 정체를 알 수 없는 발자국 쪽을 쳐다봤다.

"발자국. 하나도 뒤엉키지 않았네."

그럴 수밖에 없다. 몬스터 무리는 한주혁을 지나치지조차 못했으니까. 한주혁의 발자국을 경계로 해서, 그 어떤 몬스터도 한주혁을 넘어서지 못했다.

-현자여. 어찌하여 나의 말을 듣지 않는가?

한주혁이 어깨를 으쓱했다.

"들어야 할 이유가 없으니까."

능청스럽게 연기를 이어갔다.

"나는 악을 보면 멸해야 한다고 배워왔고, 그렇게 성장해 왔다. 그런 내게 악의 무리를 보고서 무시해야 한다고 말을 하는 것인가? 나는 마족을 필두로 한 모든 악 속성 존재들을 증오한다."

"……."

이번만큼은 루펜달도 아무런 말도 하지 못했다. 형님이 하는 말이니까 그러려니 하기는 하는데 뭐랄까. 위화감이 든다고나 할까.

약간의 시간이 흐른 뒤, 목소리가 또 들려왔다.

-이제 시간이 없다. 어서 나를 따라오라.

저벅. 저벅.

발소리가 들리기 시작했다. 눈밭에 또다시 발자국이 새겨지기 시작했다.

한주혁이 뒤따라 걷기 시작했다.

'음.'

악 속성 몬스터. 그리고 드문드문 섞여 있던 성 속성 몬스터. 악 속성 몬스터들은 대부분 동물 형태였고, 성 속성 몬스터는 비교적 인간에 가까운 형태를 하고 있었다.

'그게 뭘 의미하는 걸까?'

아직은 알 수 없었다.

저벅. 저벅. 저벅.

발소리가 조금씩 빨라지기 시작했다.

-시간이 별로 없다.

한주혁이 물었다.

"어째서지?"

던전이 사라진다거나, 붕괴한다거나 하면 문제가 된다. 그런데 그게 아니라면 서두를 필요는 없다. 몬스터가 쫓아오는 것도 아니지 않은가.

-현자여. 그대가 너무나 어리석은 짓을 하였기 때문이다.

한주혁이 고개를 갸웃했다.

"어리석은 짓?"

발자국이 잠시 멈추었다. 이쪽을 향해 답답하다는 듯 말했다.

-라이폰을 생성시킬 조건을 만족해 버렸다.

그와 동시에 앞쪽에서 변화가 일기 시작했다. 발자국 위에 사람의 형상이 모습을 드러냈다. 날개가 4장 달려 있는 천사였다. 예전, '성자의 무덤'에서 봤던 '라리엘'과 형태가 비슷했는데, 전체적으로 남자에 가까운 모습을 하고 있었다.

"얼마나 어리석은 짓을 하였는지. 이제는 좀 감이 오나?"

"……."

솔직히 감이 안 온다.

"라이폰이 뭔데?"

"……지금 나와 장난을 치자는 것인가?"

그렇게 말한 천사는 답답하다는 듯 몸을 돌렸다. 날개를 펼쳐 천천히 날아가는데 신기하게도 눈밭에는 발자국이 새겨졌다.

"어서 뒤따라오기나 하여라. 현자여. 그대의 고집이 때로는 재앙을 불러들일 수 있다는 것을 명심하도록."

"라이폰. 몬스터인가?"

천사가 공중에 뜬 그 상태로 멈췄다. 몸이 굳어버린 것 같았다.

"정녕 라이폰을 모르나?"

"몰라."

"마계의 파수꾼. 케르베로스를 잡아먹는 마계 생물체. 라이폰을 모른단 말인가?"

"아."

케르베로스. 약하던데.

"우리 성족이 가장 경멸하는 라이폰을 모른다니. 현자여. 공부가 더 필요하겠구나. 아직 현자의 이름이 어울리지 않음이다."

한주혁은 잠시 생각했다.

'성족은 마족을 그다지 두려워하지 않아.'

오히려 설정에 따르자면, 성마전쟁에서 성족이 승리했었다고 기록되어 있다. 이 과정에 12대 초인들과 같은 인간들도 개입하였고, 덕분에 현재 에르페스와 모르골 등의 제국은 '성' 속성을 우대하고 '악' 속성을 경시한다. 그게 올림푸스의 기본적인 세계관이다.

'근데 마족도 아닌 마계 생명체에 대해서 이렇게 거부 반응을 보여?'

그렇다면 답은 하나다.

'본신의 힘은 마족보다 약해.'

만약 라이폰이라는 몬스터 혹은 마계 생물체가 마족보다 강했다면, 마계를 지배하는 자가 마족일 수는 없었을 것이다.

'그럼에도 불구하고 라이폰은…… 성 속성 개체들에게 상극인 어떤 속성을 가지고 있다는 것이겠지.'

확실해졌다.

"그러니까. 여기서 기다리면 라이폰이라는 놈이 나타난다고?"

"현자여. 아니, 만용을 가진 자여! 도대체 무슨 생각을 하고 있는 것인가! 라이폰의 위험함을 정녕 모른단 말인가!"

천사의 날개가 빨갛게 달아올랐다. 귀를 덮고 있는 털도 빨간색으로 변했다. 화를 표출하고 있는 것 같았다.

"라이폰은 자유자재로 블링크를 사용하는 죽음의 기사다. 우리 성족은 그 움직임을 읽을 수 없어."

"……아."

한주혁의 미적지근한 반응에 천사는 분통을 터뜨렸다.

"움직임을 읽을 수 없다! 은밀하게 접근하여 우리의 날개를 잘라 먹는 끔찍한 식성을 가지고 있다!"

한주혁은 천사를 힐끔 쳐다봤다.

'많이 흥분했네.'

라이폰이라는 것이 많이 두려운 모양이다.

'저거 던전이 내게 주는 힌트인가?'

그래서 미끼를 던져봤다.

'날개가 약점?'

이렇게 말했다. 아주 자연스럽게.

"날개를 잘라 먹다니. 진정 끔찍한 놈이군. 성족의 약점만을 골라 공략하는 몬스터라니."

"그렇다. 끔찍한 혼종이다."

천사가 몸을 부르르 떨었다. 생각하기도 싫은 듯했다.

"또한 놈의 타액은…… 날개를 복구시키지 않는 특수한 속성까지 가지고 있다. 그러니 만용을 부리는 현자여. 더 이상 시간을 지체하지 말고. 제발. 부탁이니."

거기까지 말한 천사가 잠깐 숨을 들이켰다. 무엇인가를 느낀 것 같았다. 이렇게 말을 이었다. 말이 굉장히 빨라졌다.

"같이 데려온 몇몇 놈들을 제물로 바치고 어서 신전으로 가자. 그분께서 기다리신다."

한주혁은 피식 웃었다.

'또 제물?'

같은 레퍼토리. 에르페스부터 시작해서 대연합들. 그리고 성족까지. 이놈들은 왜 이렇게 제물을 바치려는 건지 모르겠다.

'같은 속성. 같은 근본이라. 결국 이렇게 진행되는 건가?'

한주혁은 저 천사를 통해 새로운 정보를 얻었다.

'라이폰이라는 놈이…… 성족에게 상극인 몬스터.'

그리고 그 라이폰이라는 몬스터의 타액에는 천사들의 날개를 재생시키지 않는 힘이 담겨져 있는 것 같다.

'그리고 날개는 곧 천사들의 힘.'

그 힘을 없애 버리는 아주 귀중한 능력을 가졌다.

'그렇단 말이지?'

한주혁이 바로 권능의 귓말을 사용했다.

-시르티안. 마계와 교역할 때. 라이폰이라는 놈을 구할 수 있는지 찾아봐. 혹시 사육이 가능한 놈들인지도 좀 알아보고.

에르페스의 힘은 성족이 지원한다. 그 성족에게 상극이 되는 힘들을 미리 갖추어놓으면 당연히 좋다.

"우둔한 자여! 그대의 만용과 게으름 때문에! 결국! 라이폰이 모습을 드러냈다!"

천사가 땅에 내려앉았다. 날개를 접었다. 혹시라도 뜯어 먹힐까 조심하는 모양새였다. 그의 이마에 땀이 한 방울 흘러내렸다.

"어서. 어서. 제물을 바치고 신전으로 가자. 시간이 없다."

천사가 조급해하며 발걸음을 옮기기 시작했다. 한주혁의 눈으로 본 천사의 다리가 미묘하게 떨리고 있었다. 어지간히도 겁을 먹은 모양이다.

한주혁이 말했다.

"아니. 근데."

"시간이 없다니까!"

"혹시 이게 라이폰이냐?"

한주혁의 오른손에 뭔가가 들려 있었다.

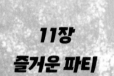

11장
즐거운 파티

한주혁의 오른손에는 날개 달린 생쥐 한 마리가 버둥거리고
있었다.

한세아가 황당함을 감추지 못하고 말했다.

"에게, 이게 뭐야?"

한세아가 본 라이폰은 정말 별거 아니었다. 몸집은 그래 봐
야 50㎝ 내외. 생쥐치고 50㎝ 정도면 굉장히 큰 축에 속했지
만, 그동안 한세아가 봐왔던 몬스터들이 너무나 대단해서(이를
테면 이프리트나 발록, 문 타이거, 심지어 마족 서열 1위인 데미안을 포함한
다수의 몬스터들) 라이폰이 아무것도 아닌 것처럼 느껴졌다.

"겨우 생쥐?"

끼긱-! 끽! 끼기긱!

비명 소리를 내며 끼긱대는 생쥐 몬스터. 그 생쥐 몬스터의

등에는 너덜너덜한 검은색 날개 두 장이 달려 있었다. 그 날개가 힘없이 펄럭거렸다.

한세아가 무엇인가를 발견했다.

"우와. 이빨이 길게 자라나네."

생쥐의 앞니 두 개가 길게 자라났다. 자신의 몸 크기인 50cm보다 훨씬 더 길게 자라났다. 땅에 닿을 정도였다. 굉장히 날카로운 것 같았는데, 그 길이가 자유자재로 늘어났다 줄어들었다를 반복했다.

"이게 그렇게 센가?"

겉보기로는 그렇게 세 보이지 않는데. 혹시 또 모른다. 위험한 몬스터일 수도 있다. 겉모습으로만 판단하면 안 되는 것이 올림푸스 세계 아닌가.

"오빠. 이거 새야?"

"응."

한주혁은 이 생쥐가 포유류형 몬스터가 아닌, 조류형 몬스터라는 것을 알 수 있었다.

끼긱! 끼기가-긱!

지금 라이폰이 공포에 질려 있기 때문이다.

저벅. 저벅.

발걸음 소리가 들려왔다. 굉장히 커다란 물체가 움직일 때에 나는 소리. 굉장히 육중한 발소리였다. 눈이 깊게 패였다. 크기 5미터에 달하는 하늘의 제왕, 카리아. 다른 말로 꼬꼬가 날지 않고 굳이 걸어왔다.

어깨를 쭉 펴고서 라이폰을 노려봤다. 라이폰은 끼긱! 끼기 긱! 소리를 내다가 꼬꼬와 눈이 마주치자 조각처럼 굳어버렸다.

"오빠. 얘 안 움직여."

"응. 쫄았거든."

"오빠한테?"

"아니. 꼬꼬한테."

한주혁은 어이가 없어 웃고 말았다.

'이 라이폰이 성족에게 치명상을 입힐 수 있다고?'

아무리 상성이라는 게 존재한다지만. 이 정도일 수 있나?

'아니면 저 천사가 더럽게 약한 성족인가.'

꼬꼬는 한주혁 앞으로 걸어왔다. 꼬꼬의 그림자가 한주혁을 덮었다. 꼬꼬는 굉장히 자신만만하고 여유 넘치는, 마치 자신이 제왕이라 주장하는 듯한 태도로 라이폰을 내려다봤다. 라이폰은 얼음처럼 굳은 상태 그대로, 아주 미세한 움직임을 보이며 눈동자를 아래로 내리깔았다.

"꼬꼬. 눈 안 까냐? 어디서 눈을 부라려?"

한주혁이 고개를 들어 꼬꼬를 쳐다봤다. 그 말에 꼬꼬도 라이폰과 같은 신세가 됐다.

키엑.

말 잘 들을게요.

꼬꼬의 몸이 라이폰처럼 굳었다. 그러면서 고개를 옆으로 돌려 딴청을 피웠다.

"무, 무엇들을 하는 것인가! 라이폰은 위험한 생물체다! 오만과 무지가 그대들의 죽음을 부를 것이다!"

한주혁이 머리를 긁적거렸다.

"음."

한주혁은 라이폰을 손에서 내려놓았다. 그와 동시에 천사가 하늘로 날아올랐다.

"미친! 무슨 짓인가! 내 날개가 뜯어 먹히기라도 하면 그대가 책임을 질 것인가! 이 우둔한 현자 같으니라고!"

"아니. 잘 봐."

"……"

하늘에 뜬 천사가 조류형 생쥐 몬스터. 꼬꼬의 기운에 제압당한 라이폰을 내려다보았다.

"……응?"

라이폰. 흉악한 몬스터다. 특수한 워프 능력을 통해 성족이 예상할 수 없는 방식으로 접근하여 날개를 뜯어 먹는다.

라이폰에게 뜯어 먹힌 날개는 재생되지 않는다. 천사로서 죽음을 맞이하는 것이다.

"고, 곧 워프할 것이다……!"

그게 상식이다. 워프와 블링크를 자유자재로 사용하는 마계의 괴수다.

한주혁은 라이폰을 내려놓은 상태로 쪼그려 앉았다. 라이폰을 쳐다보며 말했다.

"야. 너 튈 거냐?"

라이폰의 몸이 미세하게 떨렸다. 움직이지는 않았다. 그저 가만히 있었다. 석상처럼 굳은 상태 그대로.

"말을 못 알아듣네."

한주혁이 꼬꼬를 쳐다봤다.

"꼬꼬. 애한테 전해. 튈면 뒈진다고."

그 말에 꼬꼬가 신났다. 뭐랄까. 동지를 만난 기분이랄까. 기분이 좋아졌다. 자신은 펫 1호. 저놈은 펫 4호 정도 되지 않을까 싶다. 이렇게 엄격하고 현격한 신분의 격차가 존재한다.

키에엑!

움직이면 뒈진다!

루펜달에게 많은 것을 배웠다.

키에에엑!

이 X밥 새X야!

인간의 언어를 몬스터의 언어로 변환해서 그 의지를 라이폰에게 전달했다. 라이폰이 몸을 부르르 떨었다. 꼬꼬의 '키에엑'에 전의를 완전히 상실했다.

한주혁이 피식 웃었다. 몸을 일으켰다. 하늘을 쳐다봤다. 겁먹은 천사는 여전히 하늘에 떠 있는 상태.

"착하고 귀엽구만. 뭘."

키엑?

그 말에 꼬꼬가 위기감을 느꼈다.

시르티안은 악마의 대저택을 찾았다. 시르티안은 한주혁의
전권을 위임받은 상태. 마계 서열 1위인 데미안이라 할지라도
시르티안을 홀대하지 않았다.

"혹시 라이폰에 대해서 아십니까?"

"라이폰?"

들어는 본 것 같다. 그래도 기억에는 있는 마계 생물체다.

"마계 생물체 중 하나겠지."

"어떤 몬스터입니까?"

"잘은 모르겠지만…… 생쥐 형태의 몬스터로 기억한다."

마족은 마족 외의 다른 것에 크게 신경 쓰지 않으니까.

"강합니까?"

데미안이 피식 웃었다.

"강하다라."

인간들에게 있어서 강함의 기준이 어느 정도란 말인가. 강
함은 어디까지나 상대적인 거다.

"내 근처로는 다가오지도 못하고 그대의 근처로는 다가갔다
가 도망치겠지. 대부분의 마계 생물체가 그러하듯."

"……그렇습니까?"

시르티안은 새로운 사실을 알았다. 마계 생물체들은 '악' 속성 마력에 민감한 것 같다. 마계 생물체들은 마족 근처에 가까이 가기를 본능적으로 두려워한다.

"그 몬스터가 성족들에게 매우 치명적인 몬스터라는 사실을 알고 계셨습니까?"

"아니."

데미안은 당당하게 고개를 저었다.

"우리가 그것을 알아야 할 필요가 있나?"

"아직 확실하지 않지만 라이폰이 있었다면 성마전쟁에서 마족은 패배하지 않았을지도 모릅니다."

"마족은 마족답게 싸우면 된다."

그 말인즉슨, 성마전쟁의 승패 여부보다는 정정당당하게 싸웠느냐, 그것이 중요한 것이다. 마족은 마족답게 싸워야 한다.

"마족다움이라는 것이 변하기 시작했습니다. 당신께서도 아이템을 경험하시지 않았습니까?"

"……."

데미안은 할 말을 잃었다. 시르티안의 말이 맞다. 더 이상자신의 손톱과 신체의 능력에만 의지할 수는 없다. 시대가 변하고 있다. 인간세계의 영향을 받아서.

"돌이켜 보십시오. 당신은 비겁한 카르티안에게 패배했습니다. 결국 아이템과 주군의 힘을 빌어 카르티안을 죽이는 데 성공했습니다. 제 말이 맞지 않습니까?"

데미안이 고개를 끄덕였다.

"성족도 마찬가지입니다. 제국과 성족은 밀접한 관련을 가지고 있는 것이 틀림없습니다. 인간 역사를 거슬러 올라가면, 저희 스카이데블과 에르페스는 척을 지고 있던 상태였습니다. 미루어 짐작하자면 스카이데블은 마족과, 에르페스는 성족과 연관이 있었겠지요."

그때, 에르페스는 성족과 손을 잡았었다. 세계 12대 초인이 그렇게 탄생했었고.

"성족과 인간이 협력했습니다. 제가 정확하게는 알 수 없으나, 성마전쟁의 패배 요인이 여기에 있지 않을까 싶습니다."

결국 마족이 패배했고 스카이데블은 도망자 신세가 되어 은신처에서 굶어 죽기 직전까지 갔었다.

"하지만 마족은 인간과 협력하지 않았을 것입니다."

"……."

데미안도 부정하지는 않았다. 맞는 말이다. 마계의 역사를 통틀어서도 마족이 아닌 다른 누군가와 협력하거나 아이템의 힘을 빌리거나 하는 짓은 하지 않았다. 마족으로서 어울리지 않는다고 생각해 왔다.

"마족의 전통이었다."

"전통은 시대에 맞게 변화되어 적용되어야 할 것입니다. 카르티안에게 정당한 복수를 하였듯, 성족에게도 정당한 복수를 해야 하는 것 아니겠습니까?"

시르티안은 조심스레 말을 이어갔다.

"그 당시. 인간들과 협력했다면. 혹은 그게 아니더라도 라이폰을 대량으로 사육할 수만 있었다면 성족은 감히 마족을 학살하지 못하였을 것입니다."

이게 중요하다. 과연 라이폰이라는 몬스터를 대량으로 사육할 수 있는지.

"당신께서는 라이폰이라는 몬스터가 성족에게 카운터가 될 수 있는 재원이라는 사실을 전혀 모르고 계셨습니다."

알려고 노력했다면 얼마든지 알 수 있었을 거다. 과거의 마족들은 그저 전통과 '마족다움'만을 중시해서 결국 성족에게 패배했다. 역사는 그렇게 기록되어 있다.

'예전과 지금은 상황이 많이 다르다.'

적의 실체가 조금씩 드러나고 있다. 에르페스. 그리고 모르골. 어쩌면 그 이외의 다른 제국들까지. 거기에 더한 성족. 점점 적의 스케일이 커지고 있지만, 이쪽의 전력도 그에 만만치 않게 보강되고 있다.

'3천 명 이상의 마족이 피의 맹세를 맺었어.'

오랜 과거와는 완전히 다르다. 아주 오래전 맨브라암과 칸브라암에 얽힌 역사. 그때와는 다른 양상으로 상황이 진행되고 있다.

'최소 3천 명 이상의 마족이 우리의 말을 들어주겠지.'

피의 맹세를 맺었으니까.

'더더군다나 거기에 마족들이 아이템으로 무장하고 있고.'

가뜩이나 신체 능력이 뛰어난 마족들이 아이템까지 사용하고 있다. 지금은 초급 아이템들을 풀고 있지만, 시간이 지나면 조금씩 중급 이상, 혹은 고급 아이템들도 교역하기 시작할 거다.

'그때가 되면 몇만의 마족 군사가 우리 편이 되어줄 거다.'

처음에는 막막했는데 이제는 희망이 보인다. 그것도 아주 많이. 에르페스라는 거대 제국을 상대할 수 있는 희망이 말이다.

거기에 더해 또 다른 요소까지.

"라이폰이라는 몬스터에 대해서 연구하고 싶습니다. 도와주실 수 있겠습니까?"

때마침 한주혁에게서 권능의 귓말도 들려왔다.

-라이폰 한 마리 잡았거든. 이걸로 도움이 될까?

속으로 생각했다.

'한 마리로는 조금 부족합니다.'

너무 데이터가 적다. 최소 수십 마리 이상은 있어야 좀 연구가 될 것 같다. 방법은 차차 찾아보기로 했다.

루펜달이 키득대고 웃었다.

"뭐야, 이거 X밥 새X같아?"

'X밥'이라는 어감에 반응한 꼬꼬도 날개를 펼쳐서 키에엑!

하고 울었다. 요즘 루펜달과 뜻이 잘 통하는 것 같다. 루펜달. 자기가 펫 1호라고 주장만 안 하면 참 괜찮은 녀석인 것 같다.

천사가 조심조심 땅으로 내려왔다. 루펜달이 혼자서 중얼거렸다.

"이런 X밥 새X한테 이렇게 쫄면, 천사는 진성 X밥 새X인가?"

다행히 천사는 루펜달의 중얼거림을 듣지 못했다.

"우둔한 현자들. 당신들은 지금 큰 실수를 하고 있는 것이다."

그 말을 끝으로 천사는 달리기 시작했다.

"나는 내 살길을 알아서 찾도록 하겠다. 너희는 알아서 하거라. 현자여. 그대는 그대의 목숨을 그대가 버렸다."

한주혁은 천사를 굳이 뒤쫓지 않았다. 천세송이 물었다.

"오빠. 괜찮아?"

"응. 괜찮아. 악의 추적 걸어놨어."

"아."

천세송은 쉽게 납득했다. 발자국? 그게 무슨 소용인가. 어쨌든 쫓아가면 그만 아닌가. 한주혁에게는 뛰어난 추적 스킬이 있다. 예전에는 성좌 쫓는 데 썼는데 이제는 천사 쫓는 데 쓰게 됐다.

이번에는 한세아가 물었다.

"근데 왜 여기 가만히 있는 거야?"

"그건……."

한주혁이 몸을 돌렸다. 저 멀리. 눈밭 끝. 지평선을 바라보

왔다. 씨익 웃었다.

이상한 말을 내뱉었다.

"즐거운 파티를 위해서."

미국. 아메리아 대륙 남부 끝에 위치한 정글 형태의 필드인 파라가일. 그곳은 미 대륙 중에서도 레벨업의 성지로 유명한 곳이다. 중레벨 구간이라 할 수 있는 약 30부터 50까지 레벨업 하기가 굉장히 좋다. 심지어는 과일만 먹어도 레벨이 오르는 기현상이 발생하는 레벨업 필드이기도 했다.

캡틴이 인상을 잔뜩 찡그렸다.

"파라가일에서 플레이어들이 집단으로 사망했다고? 그럴 리가. 다시 확인해 봐."

파라가일은 굉장히 오랜 기간, 플레이어들이 레벨업의 장소로 이용했던 곳이다.

그 필드는 이미 낱낱이 파헤쳐졌다. 어떤 몬스터가 어느 시간대에 등장하는지. 어떻게 하면 레벨업이 더 빠른지.

"공략이 완료된 곳이잖아."

지난 30년간, 그곳에서 이렇다 할 변고는 없었다. 캡틴 자신도 레벨 30대에 그곳에 진입하여 레벨업했던 경험이 있다.

"저도 이상하다고 생각은 했습니다만…… 테일러 연합이

소식을 전해왔습니다."

"테일러 연합이?"

테일러 길드는 파라가일에 터를 잡은, 꽤 유명한 길드다.

파라가일에서 플레이어들의 레벨업을 돕고 있고 그곳을 전문으로 공략하는 플레이어들이 다수 포진해 있다. 규모 자체는 크지 않지만, 굉장히 탄탄한 연합이기도 했다.

'나도 테일러 연합의 도움을 받았었는데.'

파라가일의 전문가. 파라가일 필드에 있는 돌멩이 숫자까지도 파악하고 있을 거라는 소문이 무성한 테일러 연합이다.

'그런데 그 연합원들 다수가 사망했다고?'

아무래도 많은 변화가 있던 것 같다.

"참고 영상이 도착했습니다."

테일러 연합으로부터 참고 영상이 들어왔다. 캡틴이 그것을 바로 활성화시켰다.

"이게…… 뭐야? 슬라임?"

슬라임 형태의 몬스터가 하나 보였다. 얼핏 보면 끈끈한 젤리가 기어 다니는 꼴이었다.

"슬라임 형태의 몬스터. 원래 없었지?"

"지금으로부터 약 6개월 전. 슬라임 형태의 몬스터들이 모습을 드러냈다고 합니다."

캡틴은 그러한 내용을 알지 못했다. 고레벨 필드도 아니고, 중레벨 구간의 필드다. 그곳의 모든 사정을 다 알고 있을 수는 없다.

"저 몬스터의 이름은 필라덴피아입니다. 겉으로 보기에는 물렁물렁한 젤리의 모습이지만 만져보면 고체에 가깝다고 합니다. 가까이 다가가면 치즈와 비슷한 냄새가 난다고 합니다."

"그런데?"

"약 6개월 정도의 시간이 흘러……. 블랙 몬스터로 진화했다고 합니다. 현재 개체 수는 4마리로 파악되었습니다."

블랙 몬스터는 일반 몬스터들보다 훨씬 강력한 힘을 가진다.

'블랙 몬스터……!'

일반 몬스터보다 훨씬 강력한 힘을 가지지만, 적은 확률로 블랙 스톤을 드랍하는 개체들이기도 하다.

"어쩌면 카를로스 평야의 영향을 받은 것일지도 모르겠습니다. 카를로스 평야에서 절대악이 큰 힘을 발휘했었으니까요."

지금으로써는 그것이 가장 타당한 추론이다. 사실상 이유 같은 건 중요하지 않았다. 중요한 것은 지금, 블랙 스톤을 드랍하는 개체가 미국 땅에 모습을 드러냈다는 소리다.

"어떻게 할까요? 절대악에게 도움을 요청할까요?"

"아니."

아직 부딪쳐 보지도 않았다. 블랙 몬스터라고는 해도, 중급 필드에 모습을 드러낸 몬스터다.

'레이드가 가능하다면 우리가 잡아야지.'

그 즉시 캡틴은 어벤져스 연합원들은 소집하기 시작했다.

일부러 언론에는 알리지 않았다. 혹시라도 일이 잘못되었을 때, 절대악에게 도움을 요청해야 하기 때문이다.

'괜히 절대악의 심기를 거스를 필요는 없지.'

캡틴은 한주혁의 눈치를 많이 살폈다. 혹시라도, 아주 조금이라도 절대악의 기분을 나쁘게 할 수도 있는 빌미 자체를 만들고 싶지 않았다.

캡틴이 말했다.

"파라가일에 블랙 몬스터들이 모습을 드러냈다."

새로운 정보가 추가되었다.

"놈들은…… 자가 분열을 하는 놈들이다. 아메바처럼. 처음에 한 마리가 모습을 드러냈고, 그 이후 두 마리. 그 이후 4마리로 증가했다."

스스로 분열을 해서 개체 수를 늘려가고 있다.

"시간이 어느 정도 지나고 나면 기하급수적으로 그 숫자가 늘어날 것이다."

모두가 경청했다. 세기의 보물. 블랙 스톤을 드랍할 수도 있는 몬스터들이 나타났다. 그것도 자가 분열을 하는 몬스터가. 모두가 긴장했다.

'블랙 몬스터……!'

이름만으로도 얼마나 짜릿한가.

'우리가 블랙 몬스터를.'

실로 어벤져스 연합의 명성에 걸맞는다. 무려 블랙 몬스터다. 세계 최강국이라 불리는 미국. 그 미국 내에서도 최고라 불리는 어벤져스 연합이 아니라면 그 누가 이 레이드에 참여한단 말인가.

그들의 마음이 벅차올랐다.

'무려 블랙 몬스터다.'

파라가일로 향하는 그들의 마음이 뜨겁게 타올랐다.

'위대한 레이드에 참여한다……!'

한주혁은 지평선을 바라보았다.

"블랙 몬스터 웨이브네."

심안으로 살펴보니 그 숫자가 대략 3천 정도 되는 것 같았다. 천세송이 빙그레 웃었다.

"오빠 예상이 맞았네."

"응. 파티지."

좋다. 블랙 몬스터가 3천 마리 정도 나타났으니 저 중에 10퍼센트만 블랙 스톤을 드랍해도 무려 300개가 된다. 즐거운 파티. 득템의 시간이 도래했다.

"어라?"

그런데 조금 재미있는 걸 발견했다.

"이놈 봐라?"

아까까지만 해도 벌벌 떨던 라이폰이 기세등등해졌다. 털을 바짝 세운 채 꼬꼬를 향해 끼기기기긱-! 하며 위협하는 듯한 동작을 취했다.

"야, 꼬꼬. 뭐 하냐?"

그래서 꼬꼬가 라이폰에게 달려들었다.

콕! 콕! 콕! 콕!

꼬꼬의 부리가 라이폰의 정수리를 찍어댔다.

끼기긱!

라이폰이 괴성을 내며 꼬꼬의 부리를 피하려 했지만 역부족이었다.

콕! 콕! 콕! 콕!

어딜 튀냐?

성족은 라이폰의 움직임을 읽지 못했지만, 꼬꼬는 귀신같이 라이폰의 움직임을 읽었다. 라이폰이 블링크를 통해 피하는 그곳으로 뒤뚱뒤뚱 뛰어가서 부리를 쪼아댔다.

천세송은 안쓰러운 듯 라이폰을 쳐다봤다.

"정수리에서 피 나."

"자업자득이지."

한주혁은 왜 라이폰이 기세등등해졌는지 알 것 같았다.

"블랙 몬스터 웨이브 무리 속에 라이폰들이 있네. 얘네 원래 무리 생활을 하는 애들인가 본데."

"아하."

절대악 파티는 블랙 몬스터 웨이브가 나타났다는 것에 크게 감흥을 느끼지 못했다. 그냥 그런가 보다 할 뿐. 좋은 것이 나타났다 할 뿐.

한주혁이 피식 웃었다.

'그래서 천사가 도망갔구나.'

라이폰 다수가 느껴진다. 대략 30여 마리는 되는 것 같다.

'30여 마리의 블랙 라이폰.'

라이폰의 입장에서는 어떻겠는가. 불쌍하게 잡혀 있는데 큰 형님들 오신 것 같은 느낌 아니겠는가.

"야. 꼬꼬. 그만해. 죽일 셈이냐?"

키에엑!

꼬꼬가 날개를 활짝 펼쳤다. 이글이글 타오르는 눈빛으로 라이폰을 노려봤다.

키에엑!

눈 깔아!

키엑!

까불지 마라. 진짜 죽는다.

제왕 카리아답게 서열 관계를 확실히 했다. 라이폰은 바닥에 납작 엎드린 채 발발 떨었다.

한주혁은 뒤를 힐끗 보고서 걸었다.

"꼬꼬. 애 잘 감시해. 튀면 잡아먹어도 돼."

밀려드는 3천 블랙 몬스터들. 한주혁은 그 몬스터들을 보며 생각했다.

'한 번에 죽이면 안 되겠지?'

라이폰들은 지금 귀중한 재원이다. 죽이면 안 된다.

'귀찮다.'

아수라극천무 한 방이면 끝날 텐데. 광역기는 조금 위험하다. 소중한 라이폰들까지 죽일 수 있으니까.

"오빠. 나도 도울게."

앱솔루트 네크로맨서. 대규모 전쟁의 황제. 천세송도 한주혁을 돕기로 했다.

그렇게 약 10분이 흘렀을 때. 3층성이 내달리기 시작했다.

'누구보다 빠르게!'

과거 루펜달이 그랬던 것처럼.

'누구보다 정확하게!'

-스킬. 아이템 콜렉팅을 사용합니다.

아이템들을 순식간에 수거하기 시작했다. 여기저기 반짝반짝 빛나는 아이템들이 아이템 콜렉터의 손에 의해 인벤토리에 흡수되기 시작했다.

키에엑!

꼬꼬가 하늘을 날았다.

콕! 콕! 콕!

먹을 것! 먹을 것을 내놓아라!

한주혁은 그 모습을 흐뭇하게 바라봤다.

'블랙 스톤!'

꼬꼬가 쪼아대자 블랙 스톤들이 드랍되기 시작했다. 저놈의 식탐은 역시 쓸모가 많다.

그리하여 한주혁의 손에 들어오게 된 블랙 스톤이 70개. 한주혁은 조금 실망했다.

'겨우 70개?'

지금 당장 필요한 것이 300개인데. 겨우 70개가 드랍됐다. 이건 아무래도 손해다.

'얘네도 죽일까?'

한주혁 앞에는 눈밭에 엎드려 있는 블랙 라이폰들이 보였다.

"너네. 말 잘 들을 거냐?"

라이폰보다 더 상위급 개체인 블랙 라이폰들이 고개를 끄덕였다. 한주혁은 흐뭇해졌다.

"말 알아듣네."

이러면 아주 편해진다.

"도망치면 뒤진다."

블랙 라이폰. 약 30여 마리가 또 고개를 위아래로 마구 흔들었다. 길게 자라나 있던 앞니 두 개는 모습을 감췄다. 날개를 접고 앉아 두 손을 비비면서 극도로 공손한 자세를 취했다.

"좋아. 그럼 천사한테 가볼까?"

한세아가 물었다.

"얘네도 데리고 가?"

"어. 당연하지."

라이폰도 데리고 갈 거다. 이 정도 무리를 데리고 다니려면 기동성은 조금 떨어진다.

'얘네는 천사한테 카운터니까.'

마족이 이 라이폰을 과거 성마전쟁에서 써먹었다면 어떻게 됐을까? 지금 세를 잡고 있는 것은 에르페스가 아니라 스카이 데블일 수도 있다.

'좋네.'

생각보다 일이 쉽게 풀리고 있다.

'어차피 성족의 증표는 다 모았어.'

지금 한주혁에게 필요한 것은 성족의 증표가 아니라 성족의 정수다. 이곳은 성족의 증표를 얻으러 온 퀘스트 던전이 아니라, 보스 몹을 잡는 보스 몹 던전인 셈이다.

한주혁의 눈에 길이 보였다. 악의 추적이 아까 천사가 도망쳤던 길을 한주혁에게 보여주었다.

약 30분간 걸었을 때. 눈에 뒤덮인 사원이 하나 보였다.

끼긱! 끽! 끽!

라이폰은 신이 났다. 신난 이유는 바로 저 무서운 인간이 '네가 처음 왔으니까 대장해라'라고 말을 했기 때문이다.

끽! 끽!

앞으로! 앞으로!

저 무서운 인간에 의하여 자신이 대장이 됐다. 그 누구도 자신의 말을 거역하지 못한다. 저 강력한 블랙 라이폰들이 자신의 명령을 잘 들었다. 라이폰은 한주혁이 쥐여준 권력의 맛에 깊게 취했다.

그 라이폰의 귀가 쫑긋거렸다.

끽?

느껴졌다. 저 안에서 맛 좋은 냄새가 난다. 이 세상에서 두 번째로 맛있는 냄새다. 천사의 날개. 그 냄새가 난다. 블랙 라이폰들도 흥분하기 시작했다.

한주혁이 그 사실을 알아차렸다.

'저 안에 천사가 있나 보네.'

한주혁은 감탄했다.

'내 심안이 알아차리기도 전에 알아차렸어?'

라이폰들의 능력. 그러니까 '성족을 상대하는 능력'은 타의 추종을 불허하는 것 같다. 한주혁 자신이 알아차리기도 전에 라이폰들은 저 안의 천사의 존재를 알아차렸으니까.

'천사가 두 명.'

한 명의 기운은 익숙했다. 아까 도망쳤던 그 천사의 기운이다.

'또 다른 한 명은······.'

그 천사보다 훨씬 더 강대한 기운을 품고 있다.

'그냥 왔으면······ 졌을 수도 있겠는데······?'

꽤 상급의 성족인 것 같다. 현재 한주혁의 스탯 상태는 '?'이다. '불안정' 상태보다는 훨씬 낫지만, 정상은 아니라는 소리다. 스스로의 능력이 들쭉날쭉 변하고 있다. 이 상황에서는 온전한 힘을 발휘할 수가 없다.

신전 안에서 아까 봤던 천사가 모습을 드러냈다. 반투명한 막이 천사의 몸을 보호하고 있었다.

'신전의 특수 효과인가.'

마치 플레이어들의 성벽 같은 효과를 받고 있는 것 같다. 라이폰 무리 앞에서 저토록 당당한 모습을 보이고 있는 건, 아마 그 영향이겠지.

그가 크게 외쳤다.

"도대체 무슨 생각으로 저런 쓰레기 같은 것들을 이끌고 온 것인가! 우둔한 현자여!"

그는 화가 난 것처럼 보였다.

"이 무슨 불한당 같은 작태인가! 당장 저놈들을 물리고 경건한 마음으로 들어서라!"

그와 동시에 하늘에서 하얀색 화살이 쏟아졌다.

끼기긱!

대장 라이폰이 비명을 지르며 블링크를 사용했다. 가까스로 그 화살을 피했다. 라이폰의 옆구리가 찢어져 붉은 피가 뚝 뚝 흘러나왔다.

한주혁의 심안에 잡혔다.

'많이도 준비하네.'

하얀색 화살은 한 발이 아니었다. 지금도 하늘에서 준비되고 있다. 최소 수백 발 이상의 화살이. 그 화살들은 라이폰을 향하고 있었다. 인간이 바퀴벌레를 보면 무조건적으로 살충제를 뿌려대듯, 천사들도 라이폰을 이렇게 대하는 것 같았다.

한주혁이 씨익 웃었다.

"야. 네가 먼저 쳤다?"

to be continued